写作大冒险

惊喜不断的创作之旅

[美] 凯伦·本克◎著
(Karen Benke)
曾轶峰◎译

RIP THE PAGE!

adventures
in creative writing

中国人民大学出版社
·北 京·

“不用再试了。”爱丽丝说，“一个人无法相信不可能发生的事情。”

“我敢说你是因为缺少练习。”皇后说，“我像你那么大的时候，每天都要花半个小时练习。为什么不呢，有时候，我在吃早餐前，就已经相信了六种不可能发生的事情。”

——路易斯·卡罗尔：《爱丽丝漫游仙境》

前言

亲爱的一起冒险的小伙伴：

别害怕。这本书不是课后作业或课外学习任务单。这本书并不神秘，里面有很多奇思妙想，它们将激发和激励那个潜藏在你身体里的“小作家”。这本书可供你涂写，供你去探索、分享，还能撕——是的，没错，你可以撕书！（前提是，这是你自己的书哦。）

在这本书中，“词汇表”会在你写不下去的时候帮助你茅塞顿开；“试试这个”是写作小实验，激发你的新想法；“突然有个故事……”等故事片段启发你去搜集和关注真相与谎言；“定义解码器”教你关于写作的知识；“小纸条”是现实中的作家分享的写作心得，告诉你到底应该怎么做才能把自己的想法付诸笔端。

这本书虽然设计了很多板块，不过你可以按照自己的想法随意使用。你可以决定从最后一页读起，也可以从中间某页开始读。比如，如果你不喜欢某页的内容，那就不读（这页的内容可能也让我头疼）。如果读到你喜欢的内容，就在旁边画上星星。如果碰到不喜欢的，划掉就好。这是你的书，你尽可以去读它、抱它、带它散步、边吃零食边读、让它逗你开心，甚至亲吻它。由你来决定它是什么书、什么时候读、怎么读、在哪儿读、为什么这样读和为什么不这样读。在创作时，没有什么错误或正确的方法。真的，唯一的方法就是你自己的方法。这本书只需要你在这场冒险之旅中带上想象力，写下只有你能写而其他人都不能写的东西。打破规则，乐于冒险，敢于顶撞，勇于“犯错”！给自己充裕的时间和足够的空间，让笔尖飞舞，写啊写，涂啊涂，改啊改，划啊划，撕啊撕！这就是创作者们干的事，他们可没空瞪眼发呆、做白日梦、偷听别人说话。

在你开始写作后，也许你会想要给我写信分享你写的东西（说不定我会回信哦）。记住：当你把想说的话变成文字时，你就会发现，你比想象中的自己更勇敢。

你的朋友

凯伦

试试这个……
用什么写？写什么？

忘掉那些寻常的笔：铅笔，钢笔，油画笔，粉笔，记号笔，紫色蜡笔……如果今天你可以用任意一件东西来写呢？如果你可以在左手或右手的指缝里塞下一个回忆呢？你那无穷无尽的想象力？创作的威力？一颗转动的星球？宽容国？树干？一缕阳光？你知道吗，在创意写作的国度里，你真的可以这样做。在那里，有数万亿种可能性，而且它们还在扩大延展，变成如梵高《星空》中的旋涡。你还能想到什么今天可写的东西？

我用什么写

我可以用被玷污的宽恕之光写

我可以用那几乎看不见的最小的星星写

我可以用神圣的蜘蛛网上长而黏的丝线写

我可以用充满着黑暗和危险的旋转星球写

我可以用不为人知、深藏不露的炫酷阴谋写

到你啦

我可以用 ______________________________ 写

我可以用 ______________________________ 写

我可以用 ______________________________ 写

我可以用 ______________________________ 写

我可以用 ______________________________ 写

我可以用 ______________________________ 写

目录

第1个冒险

词汇表

喜欢的词语

一个创意写作者的想象力总是对词语充满了饥饿感。为了保持旺盛的创造力，你必须每天（或每晚）喂养你的想象力，一天 24 次，甚至更多。下面这份词汇表里有我经常用来当作零食的词汇，请你随意享用，当作饲料，或是去做物物交换。当你的想象力开始抱怨、需要吃一小口的时候，记得随时翻到这一页。今天最对你口味、你最喜欢的是哪些单字词、双字词、三字词、四字词或更多字词？

走私	索具	冬眠	雪崩	横渡
长春花	星期三	三明治	酒杯	螺旋
冰川	沙拉三明治	小盒式吊坠	拉链	酥皮水果馅饼
和服	飘动	裂纹	轮毂罩	装备
水下呼吸管	画卷	发夹	朱红	独轮脚踏车
片段	钟摆	警犬	女高音	依偎

泡沫	钟琴	金银花	图腾	涡流
小水珠	壶	困惑	撇号	地下墓穴
地鼠	线轴	权宜之计	一团	大草原
男巫师	蜈蚣	切割机	木板上的节孔	蝉
蝌蚪	斑纹	纪念品	移民	丛林
极速	孵化	滴水兽	通道	问号

试试这个

问自己问题

设想一下，你提出了一个问题，它有没有把你带到脑海从未畅游过的地方？仅仅是提出一个问题，或者想象一下你该怎么回答，你就能想得更深、更宽、更高、更远。后面有一些问题，你高兴怎么答就怎么答。这些问题没有陷阱，不过需要你在探索答案的过程中格外留心。你的答案可以是正确的或错误的、长的或短的、快的或慢的、软的或硬的。去你熟悉的公园或远一点的陌生地方走一走。没有哪条路是错的。你脑海里冒出任何想法都可以。你每选取一个词，出发去一个地图上没有的地点旅行，都会发现自己的好奇心有多旺盛，发现自己是多么温柔、善良、有趣、骄傲、诚实、有感染力和让人惊喜。

提示

可以在问题里写任何东西。

不要在意写错字或字写得不好看。

不管合理或不合理，试了再说。

为什么不用一个问题来回答另一个问题呢？

到你啦

看看你所有可能的答案，它们会把你带到哪儿去。如果你的文字需要更多的空间，就让它们在纸页的上方、下方、中间或者边缘随意漫游。

释放你最疯狂、最不受控制的梦。它打算跑到哪儿去？

我的梦横冲直撞，向打开的大门跑去，穿过远远的田野，飞向哪里？

如果我在心里种些东西，会长出什么来？它们穿的鞋是什么颜色的？

如果我倒立行走，打算走到哪儿？我会怎么摔下来？谁会跟我一块儿走？

如果我有偷看别人人生的能力，我会听到什么？看见什么？什么事情会让我打喷嚏？

我会给自己的手指取什么名字？脚趾呢？每只手、每只脚呢？我的鼻子呢？

如果要数东西，我最喜欢数什么？有什么东西是不能被数出来的？

我在哪儿找到了自己觉得最蠢的歌曲？最能让我镇定下来的东西呢？好运气呢？

为什么我从来都不缺少惊喜？是谁带给我惊喜？

我为什么会喜欢待在下面？为什么害怕上面？

我最想在哪儿飞翔？今天我的翅膀长什么样？

我最珍藏的回忆是什么？它要去哪里？

在大自然的种种灾难中，如果保证不会受伤，我最想体验哪一种？

现在，我可以帮助一个人实现愿望——那个人是谁？那个愿望是什么？

如果我有一天时间可以消失掉，变成一种颜色，我要选择什么颜色？选哪一天行动？

撕掉这页！

沿着这页纸的边缘写100字（或更多），就像写一段长长长长的文字，字与字之间不要留空……一直写呀写，写成一个螺旋形。用它去催眠你的仓鼠、小狗，你的妹妹、弟弟、妈妈、爸爸，你慢慢地、轻轻地对他们说："你现在感觉很困……非常、非常困。"把你创作的这段螺旋形文字对他们念三遍。这会让你的嘴巴、下巴、舌头、脸颊和那颗松动的牙齿得到一次很棒的运动。你可以试试催眠你的猫——很有可能它已经睡着啦！

第2个冒险

突然有个故事……

黄色的车

上个星期，有个我认识的男孩和他妈妈一块儿出门，他们去了学校、商场、图书馆，再回家。回到家后，男孩发现：他们去的所有地方竟然没有看到一辆黄色的车。

“黄色的车都到哪儿去了呢？”男孩问道。妈妈提醒男孩，出租车是黄色的，接着问他是不是不舒服。

男孩告诉妈妈，他要去数他能找到的每一点黄色。于是，他们很快再次出门，他看到各种各样的黄色：人行道上的双黄线；黑猫的黄色眼睛；一个男人穿着雨衣在遛一只黄色的拉布拉多犬；黄色的消防栓；黄色的警告标志；一排黄色的向日葵正在篱笆那边张望。还有黄色的车——到处都是！卡车、公共汽车、自行车。有没有可能只要我们特别在意某样东西，我们就能看见某样东西？那么，今天是黄色的车……明天，会不会是世界和平？

有什么东西是你很少注意到，或是让你奇怪，或是你希望能找到或看到的？一架正在俯冲的特技表演飞机？毛毛虫的家？还是读二年级时的老朋友？写下几个（或几百个）这样的事物，按照 X 的形状写，并且要详细地写出你是在哪儿找到这样东西的，还有你打算寻找的下一个目标。

到你啦

试试这个

8 个愿望

假如我们许下的愿望都不会被嫌弃太大或太小，那么在月光之下和阳光之上的一切愿望，都可能实现吗？会不会你越在意某个愿望，它越有可能实现？现在，你要做的就是闭上眼睛，找到内心深处的 8 个愿望……你真心期盼的一切说不定就会一点点实现。为什么是 8？因为 8 这个数字在很多人看来是超级幸运的。例如，在中国举办的夏季奥林匹克运动会，开幕式开始的时间定在 2008 年 8 月 8 日北京时间晚上 8 点 8 分零 8 秒！

让愿望成真的 8 条原则

1. 等待满月的那一天。
2. 确定你许愿的事物是你真正想要的。
3. 要取消某个愿望，就许一个跟它相反的愿望。
4. 一开始，不要把你的愿望告诉别人。
   说了就不灵了！
5. 接下来的 8 天里，每天都要格外关注你的愿望。
   （歌颂它，为它写诗……）
6. 假装你的愿望已经实现了。
7. 重新改造生活赠与你的每件东西。
8. 面露微笑，感谢你的愿望正在慢慢实现。

许愿窗台

一个没有寄件地址的包裹——
里面有张纸条，让我许个愿望。
红色的包裹里有 8 幅小画：
第一幅画的是冬天里的一棵树，树枝上有只乌鸦
看上去它在保守一个需要我知道的秘密。
第二幅画里有一条河、一座桥和河岸边的房子
一轮新月睡在空中。
第三幅画里只有一个黄色的圆圈
我认为它是通向太阳的大门。
第四幅画里有一枚近似 1929 年版的金币贴在角落。
第五幅和第六幅是主题为漫天云雾的双联画。
第七幅画里有一个草书体的词“灵感”
银色的火花在字的周围上下飞舞。
第八幅画很快乐，让我想起微笑的你。

——凯伦

到你啦

来自安妮·巴罗斯的小纸条

亲爱的写作者：

关于写作，有好消息和坏消息。以下是好消息：

1. 只要你肯写，你就是作家。
2. 你跟大人们闹的别扭大多可以成为你的写作素材。
3. 同理，伤心难过也可以成为你的写作素材。
4. 字写得好不好看，与写作好不好无关。
5. 阅读与好的写作有关。

以下是坏消息：

要想成为一位作家，你必须多写。

当我还是个孩子时，我并不喜欢作家。事实上，我不相信他们。我认为，作家们——并非超人类（我清醒着呢）——跟我住的不是同一个地球。书本里有我的独立王国，那里是一个虚构的地方，与我的现实生活毫无联系。我认为，我喜欢的书的作者也一定是生活在那个虚构的国度。现在，我也成了一名作家，我不再认为作家是生活在另一个世界的人——但我希望他们是。我也希望自己能住在一个神奇的地方，在那儿，写作时我不用一直坐着，也不用为写好一句话而修改好多遍（甚至几百遍）。但是，我就在这儿，和其他作家一同生活在地球上。我们都在不停地写，不停地修改、重写、再重写，努力写好每一个句子。这是坏事，也是好事，这意味着从事（高强度的、重复的、经常颗粒无收的）写作工作的人，是超凡脱俗的物种。

安妮

安妮·巴罗斯的写作范例

笔记本从米莉的手里滑下来；面对白色的墙，她睁大了双眼。一切真的发生了。魔法是真的。她真的回到了那个下午，遇见了那个名叫茉莉的11岁女孩。最后的一丝怀疑如肥皂泡破碎般消失，但是，一个新问题占据了她的头脑：为什么？为什么会发生这一切？为什么魔法会选中她？

米莉可以确定，魔法之所以选择她，不是因为她表现好。例如灰姑娘，她很优秀：可以一边打扫房间一边唱歌，开心地为令人生厌的继母生的女儿缝衣服。正是因为她的这番表现，仙女教母才会给她漂亮的马车、裙子、王子。米莉一直不喜欢灰姑娘，灰姑娘当然比米莉要棒得多。如果让米莉打扫房间，她会叫苦连天。可是看看这个下午——她差点用铲子杀死蕾。所以，魔法选中她，不可能是因为她优秀。

——《神奇的另一半》

安妮·巴罗斯从小就是一个乖巧可人、心地善良的女孩。她从没干过坏事，除了一件跟口红有关的事。也许有人会觉得她给猫咪涂口红这件事性质恶劣，可是猫咪并不介意呀，猫咪挺喜欢的。如果想读安妮为小朋友们写的书，请访问 www.anniebarrows.com。

试试这个

一种感恩的态度

你有没有因为你不能拥有某样东西而四处抱怨，嘀咕个没完：一件看上去好酷的这个东西？一件好神奇的那个玩意儿？最新的、最流行的、最好的、最贵的遥控玩具？超快的、双层的、超音波的某个玩意儿？我们都有这样的时候。但是，这种想要的（抱怨的）感觉会变得让人非常非常非常痛苦。肯定有一种方法让我们抛去这种痛苦的欲望，按下一个暂停键，找到充满感恩心态的控制杆。这样，至少我们可以去记住我们已经拥有但可能被遗忘了的美好事物。

举个最简单的例子——我们的大拇指和其他手指，它们可以用来握笔、使用餐具，还能挠痒痒。还有我们与生俱来的想象力，它们随着年龄的增长还在不断增强扩展。我们的亲人——爸爸妈妈、爷爷奶奶、姐姐妹妹、哥哥弟弟、叔叔阿姨、表哥表姐呢？我们的朋友们呢？不要忘了我们的心跳、季节的变换、高大的枫树和烤芝士三明治。一旦你开始这样观察和思考，你会发现，生活特别馈赠于你的大大小小的礼物简直层出不穷。这是一个你应该永远保守的最棒的秘密：感恩的态度能让我们感受到真正的快乐、满足和成就。

秋天的礼物

枫叶的颜色已呈深红；
树枝顶端的楸叶变成金黄。
持续的风霜让草儿们挺直身体；
松树的松针掉落在地，
仿佛邀请大家参与捡棍子游戏。
万物的边缘变得干净澄明——

栅栏，屋檐，山脊。空气寒冷。
突然间，狗狗长大了，孩子变高了。
我们用力抓紧大衣领口，
像佩内洛普一样双手藏进衣袖，
依然相信，我们深爱的世界不会消失。

——凯西·埃文斯

到你啦

试试用感恩的态度来面对一切。你会感谢你的幸运星为你带来了什么？

突然有个故事……

你从未告诉过别人的事

我从来没告诉过别人：我喜欢坐在院子的角落，看蜜蜂回到它们在歪斜的橡树上安筑的蜂巢，看乌鸦站在我的房顶吓唬松鼠。

我也从来没跟人说过：我有三颗假牙；我曾经被鲨鱼咬过，留下一个被缝了 45 针的伤口……我害怕深海，但我喜欢游蝶泳，索性就跳到大海里，掀起一阵快乐尖叫。

我从来不说，我最不喜欢短篇小说；去年冬天，我看到一个小男孩直接用手喂一群鹿吃碎玉米。

我从来没跟人说过，我曾经把一颗弹珠塞进鼻孔——因为我想知道那是什么感觉。是的，是我营救了人行道上的蜗牛，把它们放到枝叶茂盛的常青藤上。

我没跟人说过，看到树叶掉落，我会非常难过。等到我 93 岁的时候，我想去日本生活，学习茶道。

我没告诉别人，我昨晚爬上了天窗，坐在屋顶上，想象我在月亮上睡着的样子。

到你啦

现在，你要想出 6 件你从来没有跟别人说过的事情，而且这 6 件事情可能跟你没有半点关系。把看上去像真相的谎言和看上去像谎言的真相交织在一起写。如果你在写的时候感到羞愧，就想想你认识的最勇敢的人，接着写出你最想擦掉的句子。不要给别人看你写的东西哦（除非你真的想给他们看）。

定义解码器

重　复

在写作中刻意使用重复会增添一些趣味。“玫瑰是一朵玫瑰是一朵玫瑰是一朵玫瑰是一朵玫瑰。”这句出自上个世纪著名诗人格特鲁德·斯泰因之手的诗，就是运用了重复手法。她还写过，“写作就是去写写写写写写写”。重复的语句会抓住耳朵的注意力。求求你！啊，求求你！真的求求你了！求你了求你了求你了！我们快到了吗？真的快到了吗？我们怎么还没到？继续，就这样试试看。重复你每天的问题和请求——你会发现自己听上去是多么有力（或招人烦）。选一个你喜欢的词，重复再重复地使用它（然后再重复）。然后，找出一首你写的诗歌或小故事，找12个地方加入这个重复的词。下面这首诗是保罗·胡佛写的，他重复使用了12遍“著名”这个词。如果算上标题，那就是13遍。

以下这些词可以用来做重复练习：

一个特别的数字：12，105，3 700 000……
一种颜色：棕色，灰色，航空银，摇曳橘……
一个形容词：闪耀的，著名的，古怪的，秘密编码的……
两字词：不行，必须，来吧！

著　名

著名的雪一直下，
覆盖了那座以雪著名的山。
著名的雪松在风中屈身。

河底有块石头很著名。
但是小河本身很普通，

它就是从这儿流到那儿。
著名的尘埃正在飘落，
落到平凡的和著名的角落里，
就在你或我站立的地方。

很快就会有人第一次
站在那儿。出于某些原因，杯子很著名。
对勺子来说，碗很著名。

阳光很著名，是一切中最著名的。
当它爬上花园的围墙时，
著名的月亮，穿过黑夜而来。

黑夜以其黑而声名狼藉，
地球的著名只在地球上传播，
带着它那香甜的历史。

——保罗·胡佛

写在临行前的话

穿越盐滩时，你一定要带上充足的照明装备。你一定要透过层层浓雾去找寻你的亮光。你一定要读一个关于难以捉摸的过去的故事。你一定要去遥远的地方旅行。你一定要知道你心碎的时候，心跳已然停止。你一定要在冬天里看雪花飘舞，而且你一定要等着看冰雪融化，尽管严寒依旧。

——帕特里克

运用重复来达到唱颂的效果，当然，也是为了增加字数……

试试这个

开启平和模式……呼吸，再呼吸

你也许听过并体验过熟能生巧这个道理。那如果让你今天花上几分钟，练习对万事万物充满好奇心呢？就练一两分钟？你会有什么损失吗？况且，这个世界不是已经有太多让人生气和恐惧的东西了吗？如果你是个孩子，你很幸运，因为你每天可以笑 300 ~ 400 次。但是，成年人……他们每天只笑大约 15 次。真让人难过！世界上是否有一种魔力，可以改变这种状况？是否可以一旦吸入了糟糕的、可怕的、不好的事情，只要一呼出，它们就统统变形消失？而但凡你吸入令人悲伤的、气愤的、可怕的东西，都能变成愉快的、开心的甚至让人放声大笑的东西？一些 11 岁的孩子尝试了这项创意写作实验。当他们拿起纸笔做吸入和呼出练习时，惊喜出现了：

吸入核武器，
呼出不会灭绝的东北虎。
吸入撞翻的单车，
呼出一个描述快乐的新词（它在你跌倒的瞬间冒了出来）。
吸入生活的沉闷无聊，
呼出口香糖吹出的泡泡。
吸入战争的烦恼，
呼出信守承诺的美好。
吸入令人极度震惊的恐怖，
呼出海边一块精美的蓝色。
吸入雷声的惊惧，
呼出可以终身拥有的闪电般的真理。

——莫奈和他的朋友们

到你啦

每天你大约会进行 18 000 ～ 30 000 次呼吸运动——吸入与呼出，每年就是 1 000 多万次！（每分钟 20 次。）你可以在这一页做一次呼吸运动吗？

试试这个

事情是如何开始的

你有没有想过某个事物最开始是怎么来的？比如数字 7，比如他或者她，是从哪儿来的？那些歪歪扭扭的标点符号是怎么回事？静止的句号、顽皮的逗号、激动的感叹号、疲劳的问号，它们都是打哪儿来的？一位名叫毛瑞尔·西蒙的诗人写了一部诗集《标点符号简史》。她设想问号的诞生是“慢慢生长，一点接一点，围着疑惑雕画蛇形线条”。你能不能像我的朋友普拉托那样（下面有她的诗），给自己讲个故事或者编一句话，去解释你最喜欢的数字或标点符号的创造过程？它是从哪儿冒出来的？还有文字，在“被人类抢来用”之前，它们的家在哪儿？

把你最喜欢的数字、文字、标点符号写在一张纸上，盯着它们看，想象它们长什么样儿，它们曾经被用来干什么，它们喜欢藏在哪儿、飞去哪儿、在哪儿堆沙堡……甚至可以想象它们是怎么挪动的，它们为什么一定要爬到高处，只为好好看看大海或天空？由此你就能理解这个数字、文字、标点符号。当然，你也可以写一个你不喜欢——过去不喜欢，将来也不会喜欢的数字、文字、标点符号。

笔画在被大脑抓住之前
属于身体。
一些笔画挤在弯曲的
手肘、脚踝和膝盖处，
它们在那儿大聊八卦和聚餐，
建造有爵士酒吧的城市
和复杂的电话网络以及高速公路。
另一些笔画，跟月亮作息一致，

沉醉于它们自己发出的声音，
孤单地住在山谷和洞穴。

——普拉托·赛丽娜

数字 7

7 是一只单翼的鸟儿，
如梦般轻盈优雅。
7 是一根盲人的手杖，
如埃及一般古老。
7 从地里长出，
如一只水仙。
7 是一把铲子，
让挖掘者挖出 7 个奇迹。
7 是一面旗子，
在第 7 重天的珠色大门外招展。

——娜塔莉

到你啦

词汇表

越小越好

如果你的人生故事很“大”，用“小”的词语来表达是最好的办法。小词在你的舌尖上翻滚，在你的耳朵里旋转，只占一块很小的空间，却能在整张纸页上闪闪发光。圈出今天在你眼前跳动的小词。不用想你为什么会喜欢小词。照我说的去做。

当你发现了一个喜欢的小词，赶快把它放到你的小词搜集册里。有多少个小词可以塞进下面这个清单？用你今天圈出的小词，可以造一个多大（或多小）的句子？给大家读一读你用“风”或“乌云”造的句子。站在一颗树下，让你的音调越升越高，音域越来越宽，声音越来越自信、越来越响亮。

鱼	手	时间	爱	箭	火
打呼噜	旗子	沙子	打架	苹果	公里
火箭	雪	歌曲	雨	烟	狗
轮子	乌鸦	花朵	树	麦片	银子
刀	门	坟墓	诗	铲子	石头
河	矛	雾	树根	湖泊	尖头
人生	秘密	猫头鹰	宝石	靴子	洗澡
坚持	哭号	月亮	大坝	树叶	洞
火花	雾	灰烬	天空	土地	风暴
蕨草	夜晚	安静	熊	空气	草
暗礁	鳟鱼	漂流	泡沫	狐狸	旋转
蕾丝	急促	燃烧	小时	苍白	小山
游行	手指	书	波纹	亲吻	帽子

叹气	圆圈	折断	卷发	闪光	扭曲
纸	杯子	听	眼睛	想法	老鼠
骨头	蜗牛	老虎	乌云	瞌睡	铃声
睡觉	狂风	歌谣	开启	螺旋	头盖骨
蜡	拍打	神	钩子	潮汐	帐篷
酱	抓住	屋顶	爪子	刷子	

来自内奥米·谢哈布·奈的小纸条

亲爱的写作者：

万事万物不应因其小而被忽视。紫岩燕把它们的房子筑在高高的银色杆子上——经常会从窝里掉下金属丝、绿色的纱线、蓝色的丝带，燕子每天回家都会为小窝带回小树枝和干草。我捡起它们的小破烂，疑惑这些东西是从哪儿来的。一场大雨侵袭了得克萨斯州，雨后，树蛙从藏身处——它们躲藏在哪儿呢？——树叶下面？——回到树上，开始和谐地歌唱。我们每个人身上都有很多小细节，它们都会在某时某刻闪耀。我们周围的世界同样充满了各种有趣的、相互联系的小细节。写作可以帮助它们冒出来并闪闪发光。就从写句子、写简单的诗句开始。爱上你的诗句，你的生活会充满欢乐。

你的朋友

内奥米·谢哈布·奈

内奥米·谢哈布·奈的写作范例

青蛙没有忘记

如何像它们那样做
才能度过极度无聊的日子
它们藏在哪儿?
有的可能会失去一首曲子　放弃一种传统
掉到缝隙里　但是雨后的青蛙们
用六个音符唱歌
就在卧室的窗外
纠缠的葡萄藤里
欢乐地发出低沉的共鸣
传回到　我的大脑

——《蜜蜂》

内奥米·谢哈布·奈一直在一个小本子(她喜欢绿色的封皮)上写东西。

定义解码器

诗节的小房间和诗行的救生船

有些小朋友喜欢把诗节称作“诗歌段落”。不同长度的诗节有不同的名字：

由两句诗构成的诗节叫作对句。

由三句诗构成的诗节叫作三行联句。

由四句诗构成的诗节叫作四行诗。

由五句诗构成的诗节叫作五行诗。

由六句诗构成的诗节叫作六行诗。

由七句诗构成的诗节叫作七行诗。

由八句诗构成的诗节叫作八行诗。

在意大利语中，“诗节”的意思是“装满词语的小房间”。为了记住什么是诗节，可以就把它看作一个小房间，里面住着好几句诗。这样，你在写诗时，可以假装自己在玩盖房子游戏：这个房间（诗节）要装上四句诗（四行诗），那个房间要装进三句诗（三行联句）……最后，再加一个两句诗的小房间（一个对句）。搭建一座诗歌房子有无数种方法，你只须找到一种适合你的、最好的方法。

你可以把构成诗节的诗行想象成一艘救生船。救生船只能装那么多人，同样的道理，一行诗只能有那么多个词。诗行可长可短或是不长不短。有时候，诗行越长，越能显示力量和音乐性；诗行越短，听上去越有利落干脆的效果。

有趣的是，在你写诗时，一句话不用在一行之内写完。一句话可以一直写，然后在某一行的中间写上一个句号——逗号也行。只要是写诗，文字在纸上排列的方式就可以多种多样。

你甚至可以在你读一首诗之前写一首关于这首诗的诗。看看诗歌参差不齐的右侧边缘。你的文字可以歪斜着排列成一团，也可以是笔直的，或是像在翻筋斗，甚至可以像是玩绕玫瑰丛的游戏。作为诗人，由你决定用词语组成多长的诗行、用诗行组成多长的诗节。下次你写诗的时候，把它拆分成几个不同的小房间，看一看它在纸上的布局，再读一读。但要记得，一定要把你的名字写在最下面。总之，你的诗歌读起来和看上去都应该让你满意才行。

定义解码器

关于短歌

“短歌”在日语中的意思是“短小的诗”。短歌是一种由五行诗组成的诗歌，它们：

第一行短
第二行长
第三行短
第四行长
第五行长

短歌中使用的意象源自真实生活中的真实事物，它给你一种真实的感觉——你在实实在在地写作！为了做到这一点，一首短歌需要有强烈的意象：生动地描述你看到的、听到的、尝到的、闻到的、摸到的东西。短歌的内容可以是关于时间的短暂、关于爱、关于季节，甚至关于悲伤。它们可以是你想到的任何主题。

给自己一些时间，去感受你正在感受的东西，然后写一首短歌。

下面是创作短歌的示范步骤：

第一行：写一个自然界的物体（月亮、山川、太阳、河流、大树、乌云……）。

第二行：选择三个词来描述这个物体。

第三行：这个物体会做什么？它怎么移动？

第四行：这个物体在时空中处于什么位置？尽可能详细地描述。

第五行：你有什么东西是这件物品没有的？

没有 ________，没有 ________，没有 ________。

云
白色、精密，充满雨滴
漂浮在半空
我的长满青苔的房子
没有手臂，没有声音，没有写诗的铅笔。

——卡迪娜

岩石
光滑、坚硬，形状特别
坐着休息
在一座雕像旁
没有上衣，没有眼睛，没有双脚。

——埃文

词汇表

连在一起的词

你有没有发现，有些词好像从不跟其他词排排坐？也许是安排座位的人知道，如果让它们坐在一块儿，它们一定会聊个不停，于是只好让它们分开坐。下面这份词汇表能够为你的写作增添一些傻傻的或惊喜的趣味。让这些词参与抢凳子游戏，制作一张你自己的座位表吧，让它们帮忙介绍那些想找小伙伴的词。多想出一些你自己创造的能连在一起的词。

连在一起的词

萤火虫	稻草	黄瓜	牙齿	山顶	歌曲
扫把	火箭	太阳	海绵	黎明	阻拦者
月亮	神经过敏	看管人	搬家工	出汗	钟声
风	门	脚	哀伤	蛋糕	口哨
雀斑	汤	孔雀	派	毛茸茸	尖叫
玻璃	歌曲	刀	桥	脚趾	帽子
蛇	领口	石头	枕头	嗡嗡声	星星
巧克力	草地	车轮	喊叫	青蛙	拖鞋
叶子	地洞	说话	小袋子	山峰	跳高运动员

需要朋友的词

冰________	旗子________	________嘴巴
岩石________	小盒子________	________大号

触角________　　马蹄________　　________口袋

甜甜圈________　　泥巴________　　________妈咪

镜子________　　煎饼________　　________消息

早上醒来，我会想一些有趣的词。第一个冒出来的是岩石脸。然后是巧克力草地和冰泥巴。紧接着是铅笔牙齿和黄瓜夜晚、大脚趾帽子和嗡嗡声星星。还有月亮振动、脚口哨、雀斑汤、长发杯子。我笑到不行。

——凯蒂

撕掉这页！

在这一页写满你喜欢低声说、喊出来、唱出来的词——这些词嚷嚷着在你舌尖打滚，在你耳朵里盘旋。品味它们，特别是那些奇怪的词。是的，甚至是你认为不应该说出来的词——害羞的、疯癫的、残忍的和介于其间的。今天，你写什么词都没事。写完后，在这页中间画下一个吻或一个大大的心（涂上口红亲一下也不错）。让这些你喜欢的、来到地球上的词一起欢度情人节。

第3个冒险

定义解码器

顽皮的明喻和强大的隐喻

明喻是指在描述一个事物（比如一页纸）时，通过将它与其他事物（比如一片云）进行比较来完成描述，还会使用“像”或“和……一样”这样的连接词。一张没有写字的纸像天空下面浅浅的一片云。作家，特别是诗人，总是喜欢使用明喻来把不同的事物联系在一起（这页纸、那片云），以此激发他们的想象力，帮助他们同一时间去看见和感受两种事物。使用明喻，特别是使用那些你大开脑洞想出来的比喻，可以让你的写作和语言表达更有趣。

我妹妹的手指像 10 条小虫在排队等吃午餐。
我哥哥起床时的头发像仙人掌的刺一样耸立。
我表哥的声音像蚊子在黑暗中嗡嗡叫一样讨厌。
我的牙齿像白色的篱笆夹住粉色小狗。

隐喻是另一种比较事物的方法。它不会说这个像那个。它会说：这个是那个。隐喻让你把一种事物的特性从一种事物身上转移（或传递）到另一种事物身上。

我姐姐的舌头是一条长长的乡村路，潮湿泥泞、颠簸不平。

我弟弟的眼睛是两条蓝色的大鱼；他的鼻子是一座有黑色山洞、洞里有小石头的山。

我表姐的耳朵是一对漏斗，总能捕捉飘过它们的每一句闲言碎语。

我的心灵曾经是一只大灰熊，现在它能带我去任何一个地方。

看看你的身体的不同地方，它们长得像什么，或者你希望它们是什么？尝试为它们写出 5 个明喻（或隐喻）。可以写写你的想象力和心跳，声音和血管，胎记和呼吸，肺和腿，心和灵魂……

自画像

我的身体能留住雨滴。它希望成为太阳的光辉。

我的手臂提醒自己手肘是它的朋友。

我的膝盖摇摆如跳草裙舞。我的双脚感觉像蘑菇。

我的想象力像龙卷风，像森林一样幽深，

像呼吸一样安静，像涡流一样湍急，像上下班高峰时间一样疯狂！

——科林

我的灵魂

我的灵魂是雨中的亲吻。它充满了惊喜和秘密，随时准备像大海里的浪花或沙漠里的云朵一样绽放。我的灵魂是直觉的一扇窗户——它像一只按在我心上的手，它像一块锤子砸不烂的石头。它可以是一连串开心的事、一条完美的线里纠缠的一团。我的灵魂像一颗被愚弄的头脑或者整夜飞驰的闪电。它是尘封的过去。它是一颗光秃秃的树上最后一片孤单的叶子。我的灵魂是一本尚未被阅读的书。一条发出嘶嘶声、猛咬一口、奋力扭动的生气的蛇——这是我的灵魂化作文字倾洒在纸上。

——古阿蒂斯

试试这个

里面是什么？你来决定！

下面有 13 种幸运容器，选择其中一个。如果找不到你喜欢的，就自己编一个。

鱼缸	午餐盒	鞋子	麦片碗	棒球帽
游泳池	魔法箱	双肩包	枕头套	口袋
笔帽	珠宝盒	冰淇淋蛋筒		

如果让你在你喜欢的幸运容器中放任何东西，不考虑大小，你会放什么？你放的东西可以比这个容器还要大——大得多得多。你放的东西可以是回忆、星球、朋友们、整个城市、整块大陆、摩天大楼、纪念碑、歌曲、各种观点、假期、感觉、野生（和家养）动物、无数世代、银河系……天空绝不会是极限。嗯，是的，如果你喜欢，还可以在大衣口袋里装下夜空——再装些星星就完美了。

打开我的绿色旅行包，里面装的是我第一次去巴彻勒山滑雪的回忆，我在加里·瑞伯罗面前摔了个仰面朝天；弗兰克叔叔的翅鲨也在里头，还有第三大道上的凹坑、12 条小响尾蛇、一半银河系、自由女神雕像、100 万个揉成一团的创可贴；包包底部还有我以为弄丢了的圆筒短袜和邻居家后院的摇摆秋千——啊，我最开始想找的泡泡糖在这儿呢。给你一半？

到你啦

来自雷蒙尼·斯尼奇的小纸条

亲爱的年轻写作者：

当一名作家和当一名疯狂的科学家有点儿像，因为你必须在一个单独的房间里独自工作，从旧事物中编织出新事物，那些旧事物就是你从过去的秘密旅行中获得的。当一名作家，就意味着你要花时间偷听这个世界，趁别人不注意的时候把你看到和听到的东西记下来。你最好弄一个笔记本，首先要写的是一个理由，这样万一你偷听时被抓到，就能很好地解释为什么你会站在门口、躲在树后，或者为什么你爸妈叫你赶快睡觉，你却安静地站在房间里观察一切正在上演的有趣事物。

雷蒙尼·斯尼奇

雷蒙尼·斯尼奇的写作范例

结束了一天的工作，我合上笔记本，把笔放好，在租来的独木舟上锯个小洞——这样它们就不会被人发现。晚上，我一般会和几个朋友聊天。我们有时会讨论文学，有时候会聊到那些企图毁灭我们的人，讨论有没有什么方法能逃离他们。有时，我们也会讨论在附近出没的可怕动物……

——《食肉狂欢节》

雷蒙尼·斯尼奇需要为很多让人不开心的作品负责，但是他依然逍遥法外。

突然有个故事……

秘密编码

暑假终于来了。尼克和科林一整年都在盼望能一起玩，就他们俩。但是今天有一个小弟弟老是在“大家伙”周围转悠，他说他要把大家说了和没说的、做了和没做的事情统统报告给父母。科林很生气。尼克早就习惯了小不点儿弟弟的空头威胁。于是，尼克和科林想了一个法子：他们要发明一套只有他俩才懂的秘密编码系统。他们要创造一种秘密的语言，这样一来，烦人的弟弟还有爸妈就不知道他们在干什么了。尼克和科林为这完美的计划洋洋得意。他们立马组建了守口如瓶小分队。太阳很快就要落山了，但是没人在意，反正放假了……他们躲在房间里，拿了纸和笔，一盘燕麦饼干，还有别出心裁的想象力。他们想多晚睡就多晚睡，靠传递编码的小纸条来做侦察、密谋活动。还有什么事能比这个更棒呢？

到你啦

用后面这张密码字母表给你最好的朋友写张秘密纸条。（前提是他能破解这种密码！）写一写你和好朋友神秘兮兮、偷偷行动的时光。你最不想让谁发现你们的秘密？你们当时在哪儿？如果要用密码来写消息，你会怎么写？发明一套你自己的编码，也可以借用尼克和科林的。但是，一定要小心那些告密者和最讨打的 4 岁小朋友！

定义解码器

押头韵

我们来听一听海边沙滩上的闲谈和喊叫声里押头韵的例子：“舒克，你为什么要跟山姆先生说起我上午很想睡觉，玩不了沙滩排球？”（你听到所有“sh”的发音了吗？）再来听一个——篮球场的中场休息：“夏尔在搞小动作，斜斜地搡了我一下！”押头韵就是重复一个相近的发音。下面这个《斯诺克斯和弗莱克斯》（Snox and Flax）的故事就是运用了押头韵。注意所有“S”“Sh”和“L”的发音。你还能听到哪些重复的发音？你问什么是斯诺克斯和弗莱克斯？呃，我也不太清楚，你自己看吧。

斯诺克斯和弗莱克斯

斯诺克斯在林子附近溜达，释放了 17 只蟋蟀。弗莱克斯跟雷神的轰隆声离得老远，使劲喊：“住手！”斯诺克斯能嗖嗖地飞，喜欢拾掇有莎草颜色的神奇树叶。弗莱克斯则老是在晚餐后顺着路边遛弯儿，看冷风把落叶拉走，渐行渐远，最后消失不见。斯诺克斯和弗莱克斯在松树林里混熟，那天穿纱衣的一家老少来晚了，斯诺克斯和弗莱克斯试着请它们大声说出心里话，别落泪，别伤心，然后两人拉手遛了一路，唱着啦啦啦啦啦回家了。

——佐伊和凯伦

要练习押头韵，就先找一个你最喜欢的发音，然后找能与这个音相配的字词，可以是已有的词，也可以是你自己编造的词。再唱几句重复的小曲，这也是押头韵。

大熊猫、打洞的老鼠等动物都是押头韵练习中受欢迎的演员。

定义解码器

藏头诗*的脊柱

你喜欢玩倒立吗？绕圈圈呢？快速跑，跑到你的腿要断了、肺要炸了呢？词语也会这么做。它们喜欢悬挂、旋转、奔跑、转动。如果你不相信，那就把一个词竖着排，然后退后，看着这个词变成

* 在英文中，这种诗称为“离合诗”（acrostic），表示的是“going across the page”（穿越纸页）。“acrostic”其实源于两个希腊单词：
ACRO = 在最后或边缘
STIC = 一行诗

一首字母诗……我们用“红色”这个词来举例，把它竖着排的效果是这样的：

红
色

竖着排的这个词是什么呢？是脊柱词！为什么这么说呢？

因为它像人的脊柱或者书本的书脊（或装订线）一样直。脊柱词通常在最左侧，当然你也可以让它靠右侧。用一个脊柱词来创作一首新诗吧，像这样：

我相信

红是一件
色彩夺目的裙子

脊柱词和你想写的内容并不一定相关（当然，也可以相关）。当你准备创作藏头诗时，放松呼吸，让文字流溢而出，根据需要，让它们或轻快或轻柔地跳舞。你可以尝试用下面这些词开头，创作离合诗。

建议的脊柱词：

薄煎饼	家庭	隐形翅膀	海洋
眼镜蛇	死亡	面具	生日
休息时间	舞蹈鞋	回声	宵禁
小河	傻瓜	母亲	道路

深呼吸	窗户	网络	离婚证书
声音	尖叫声	心脏	兄弟姐妹

警告：如果你选了一个词，但是怎么都写不出来，那说明这个脊柱词把你关在门外。这种事情是会发生的。换一个别的词。今天这个脊柱词把你关在门外，说不定明天就开门了呢。

试试这个

藏头诗，杂技演员

警告：用脊柱词来创作诗歌会让你停不下来。你也许最开始只打算写一首，但到最后，你发现整张纸上——正面和背面——都写满了藏头诗，它们就像魔术橡皮泥一样在你的脑袋里伸展。

你选的脊柱词可以是：

你的名字

一只狗或一只猫的名字

一个好玩的词

任意一个仿佛乞求你把它竖起来排的词

从短词开始，可以慢慢尝试长一些的词组。短的例如：太阳或闪光，拇指或运气，歌曲、青蛙或火焰。创作藏头诗的要点在于不要担心写得对不对。忘掉正确或错误的判断。给你的担心准备一个小旅行箱，打发它们去旅行，然后放倒你选的词吧。

你创作的藏头诗可以很严肃，也可以完全就是胡说八道。下面是“选择一个词”：

选一个对的词，从成千上万的词中
择取属于自己的
一个有些难度的任务，那是
个性独立的创意写作者不用到处去寻找的
词，因为它早已装在心里。

脊柱词：向日葵

向远方
日行千里
葵花子的旅行

脊柱词：烤鸡翅

烤是唯一的方法
鸡必须自我牺牲
翅膀硬了也没用

到你啦

试试这个

并列

找一张纸，沿着纸页的长边对折。一个10岁的小朋友说这是热狗折纸法。开口朝左。

然后：

从你的词汇表里选10个你喜欢的词，写下来。

如果你愿意，可以在这10个词前添加一个描述性的词。

把纸翻过来（别展开）让开口朝右。

接着：

写下你出生时的月份或季节。

写出一星期的某一天。

写下“过去”“现在”或“未来”。

写你最喜欢的颜色（摇摆的棕色）。

写下“我的心灵”。

写下“我的想象力”。

写下一种情绪的状态（快乐、悲伤、惊异等）。

写下一种天气（星期三的雨、柔和的阳光）。

写下一种微弱的声音（轻声低语、小狗打鼾、小猪呼噜……）。

写下一种你最喜爱的食物。

现在展开纸，在最上方写下“诗歌是”（或者“我的想象力是”“我的内心是”“我的生活是”“创造力是”……），然后把刚才分别写的两列内容连起来。混合、搭配，直到找到可以并列的例子——并列就是把两个不一样的东西（肩并肩地）放到一起，这样的放置会让你开怀大笑。

诗歌是

诗歌是一个永恒的秘密，被藏在金色鹦鹉的翅膀里。
诗歌是海浪，冲击成泡沫，解了雨水的渴。
诗歌是一个鬼魂，它死于吸烟过多，现在住在太阳上。
诗歌是一种生物，带有两把利剑，躺在历史的洋葱里。
诗歌像蓝色冰晶、飞扬的雪，也是穿破薄暮的炽热友情。
诗歌是奶牛们组成的联邦，它们的地图最后指向
一只孤单的白鹭在天空盘旋、消失成的某种形状，
像一个暗淡的秘密和一双燃着火焰的眼睛。

——科林

来自C. M. 梅奥的小纸条

亲爱的创意写作者：

你不觉得4岁的小朋友很烦人吗？他们能问出1 011个问题。为什么天空是蓝色的？风最后刮到哪里去？如果土豆有眼睛，那它看得见地里的蚯蚓吗？爷爷放屁的时候，为什么所有人都去责怪玛蒂姑妈的腊肠犬？大部分4岁的孩子还没学会在意别人的看法。有些孩子甚至会光着身子跑来跑去。

你还记得你4岁时的样子吗？你身体里潜藏的那个“艺术家自我”是否已经开始创意写作了？或者你还处在给别人当模特的阶段？我们应该向4岁的小朋友学习，不要太担心别人怎么看你：敞开心扉，面对整个世界。面对那朵河马形状的云朵；面对那些

被削掉的又冷又滑的土豆皮；还有玛蒂姑妈的腊肠犬，它蜷缩在椅子下面，摇着尾巴。祝你玩得开心，因为这就是写作的意义。

起一个笔名也许对你有帮助哟！

C. M. 梅奥

C. M. 梅奥的写作范例

那些轻拍我的人（皮卡嘟）

那些轻拍我的人
我有的喜欢，
但不喜欢
脸上还有面包屑的小女孩
她的手指瞄准我，用力拍拍我
她的面包味儿留在我头上！
也不喜欢
那个穿蓝色裤子和戴蓝色帽子的男人
他的手如甩包裹般重重落在我头上
他抚摸我毛皮的方法完全错误
他的鞋上沾了人行道和橡胶的臭味
当他看到我们向草地走去

他问我的主人“这只狗花了你多少钱？”
以及其他很多无礼的胡话！
我喜欢那位戴橘色围巾、头发卷曲的小姐
她弯下腰来，我允许她捧我的下巴、轻抚我的耳朵
她的手像奶奶一样轻柔
闻上去有邮件和芝士三明治的味道
她说话的声音带有小颤音
她跟我说：“啊，我真希望你是我的邻居！”

C. M. 梅奥从小就开始写作，她住在华盛顿特区和墨西哥城，已出版小说《墨西哥王朝的最后一位王子》和很多诗作，其中有些作品是她的哈巴狗皮卡嘟写的。

突然有个故事……

理解一切

今天晚上，只有我和狗在家。我在厨房里，听着我最喜欢的歌在空气里飘荡，就像今天下午我在公园里扔的飞盘一样飞向远方。狗就在我身边，快乐地躺在一旁。它现在累了，喘气的节奏刚好配合着音乐。我开始收拾餐桌和清洗餐具。我从水槽边的窗户往外看，看到了月亮，数起了星星，任由思绪漂移，一直想到那一束束月光最初开启的旅程……一直到月光来到我的眼中。洗餐具的泡泡在我手间跳跃，我向它们点头致谢，一会儿它们就会消失不见。后来，我给一个朋友打电话，试图修复我们之间的裂痕……我为自己可能说过的蠢话向她道歉，但我真的不是故意的。后

来，突然刮起大风、下起大雨，打破了整个夜晚的静谧。我挂上电话，换上睡衣，在镜子前做举手倒立，给一直陪伴我的狗唱一支歌。它认真地看着我，仿佛理解了一切。

你是否曾经有过这样的感觉：只有一只动物理解你、懂你？你那会儿多大？在哪儿？你的宠物叫什么名字？你们在一起喜欢做什么？你跟它说了哪些别人不能听的悄悄话？它平时是睡在地板上还是睡在你的床头？你有没有偷偷在桌子底下喂它吃花椰菜？你们最喜欢去哪儿玩？它是怎样迎接你回家的？它长什么样？它最喜欢的玩具是哪个？你应该好好看看这些问题，坐下来好好回忆。或者，你可以从上面选一两个问题，然后找一支你用得最顺手的笔，让勇气引领你，看看回忆能把你带到哪儿……

到你啦

定义解码器

找出陈词滥调

陈词滥调像是一种带有文字的图片，你可以看见、听见、尝到、摸到和闻到。这种文字图片在最初诞生时还是新鲜有趣的，但是后来随处都能看见它，于是它就丧失了唤醒耳朵与想象力的全部能量。它会让你的写作和演讲听上去无力又无聊。例如：我像一只勤劳的小蜜蜂，在冬天的花园里忙碌，寒冷从指间传递到骨头里。太阳落山的时候，气温变得像冰块一样，我累得像一只狗瘫在地上。读完以上几句，你可能都在打哈欠了吧？（你应该打哈欠！）陈词滥调就是有这种效果，它让读者感到无聊又无趣：他马上就会找点其他事情做；她的眼睛开始放空；他打开了收音机；她调高了音量。你的挑战任务是，拿起想象的弓箭，射掉盘旋在空气中、徘徊在纸页上所有你能找到的陈词滥调。

你能给下面这些陈词滥调加入一些新鲜活力吗？

像雪一样冷	像 ________ 的边缘一样冷
像火一样热	像第一排的 ________ 一样热
像羽毛一样轻	像 ________ 的里面一样轻
像画一样漂亮	像 ________ 的声音一样漂亮 （拜托，不要写鸟！）
像狐狸一样聪明	像我爸爸做的 ________ 一样聪明

小贴士：把陈词滥调变废为宝的最好方法就是不断地挖掘，直到你找到了藏在下面的黄金语言，因为你的文字里的 14K 金永远在等待你，等待你用想象力、声音、铅笔和心跳去释放它们。

词汇表

5 种感觉

下面的词汇表里有关于嗅觉、味觉、触觉、声音与表达的词语，把它们混在一起玩，会让你的想象力做一套放松操。你可以创造很多稀奇古怪的组合：一阵带有橡胶质感的掌声雷动，一段时机成熟的悄悄话，一声令人厌恶的尖叫。还可以有很多……放几个到那些你觉得写得很无聊的段落里，试试看会有怎样的效果。

嗅觉

甜的	有香味的	芬芳的	香水味的
芳香的	辛辣的	刺鼻的	清新的
泥土味的	松香味的	诱人的	刺鼻的
腐烂的	散发臭气的	变质的	令人作呕的
鱼腥味的	霉臭的	发霉的	陈腐的

味觉

油乎乎的	黄油味的	咸的	苦的
苦中带甜的	杂味的	醇厚的	甜蜜的
脆的	熟的	乏味的	酸的
果味的	辛辣的	生的	烫的
过熟的	烧焦的	姜味的	胡椒味的

触觉

凉的	滑的	丝绸般的	砂质的

蒸汽般的	绵柔的	缎子似的	多沙的
粗糙的	天鹅绒般的	糊状的	结满冰的
油腻腻的	平滑的	锋利的	厚的
软的	蜡质的	温暖的	肉肉的
热的	橡胶似的	毛皮般的	干燥的
钝的	薄的	有弹性的	柔软的
多刺的	多毛的	毛茸茸的	羽毛似的
羊毛似的	盖着毛皮似的	皮质的	易碎的
粗糙的	湿的	潮的	黏的

声音

叹息声	潺潺声	飒飒声	呼呼声
沙沙声	咆哮声	轰隆声	砰的一声
噼噼啪啪声	哐的一声	撞击声	重击声
隆隆声	雷声	巨响	粉碎声
锉磨声	铿锵声	刺耳声	叫骂声
狗叫	呼喊声	嘟嘟声	喧闹声
咩咩声	叮当声	无声的	寂静的
嘘声	喧哗声		

表达

结巴着说	吞着舌头说	咯咯笑	大笑
唱歌	尖声喊叫	轻蔑地哼	怒吼
喋喋不休地说	哼着歌	低声抱怨	悄声说

啜泣着说　　闲谈　　讲话　　慢吞吞地说

提示：在空白处多多开发和储存关于嗅觉、味觉、触觉、声音、表达的组合词吧！比如：

从我的洗澡水里低低地冒出一声像砂一样潮湿的叹息。原来是我的妹妹在玩口技花招。接着，传来一阵尖锐刺耳的咯咯笑声和闷热得发霉的叮当声。我大喊：救命啊！

突然有个故事……

用不超过 5 个词的句子叙述你与总统的见面

我见到了总统先生。就在这个派对上，站在衣柜旁。他握了握我的手："凯伦，很高兴认识你。"他握我的手！总统！嗯，他没握。但是，他可以握。我见到了他，你相信吗？我微笑。然后……我的声音卡住了。你懂的。它向下钻到我的脚踝。我看着总统，说不出话来，一个字都说不出，一点声音也没有，一个音都发不出。不，我的喉咙没有咕噜声。他在等我，微笑着，有点担心我的样子——那样子挺可爱的——然后就移开了，转向我身边的女士——她能发出声音。"您好！"他握了她的手，"卡罗尔，很高兴认识你。"他在房间里走过。"罗斯，谢谢你能来。桑迪，见到你很高兴。"但是，我卡住了。就在那儿，在那个拥挤的角落，身着名牌衣服。在这个精美的房子里，有大花瓶、各种油画、袖珍三角钢琴。女人穿着高跟鞋，男人系着领带。餐盘里有迷你三明治、奶油干酪、火腿。我悄悄地往外走。我不得不……爬行。来到存衣间，偷溜进去，找到我的大衣，找回我的声音。它说，别想啦，你至少握了手——与这位即将就职的总统握了手。我走路回家。这一路好漫长啊！月亮陪着我，还有我的名牌。我急不可耐地要告诉你。相信吗？我见到了总统，美国总统！

写一个你第一次见到某人或做某件事的故事。设想你是在跟好朋友讲，快速地讲，片段式地讲。这个朋友能完全听懂你的话。跟这个朋友说话，你不需要解释每一个小细节……他不会介意你语速太快或是思维跳跃。在你朋友眼里，你非常棒。来吧，这样写很好玩，试一试。看看你能不能用一堆不超过 5 个词的句子来讲故事。写完后读一读，看你喜不喜欢。然后找到你的朋友，读给他听。

到你啦

撕掉这页！

想出 1 ～ 1 000 000 件你最擅长——或你最希望自己擅长的事情。自负一点没关系。在这一页，你可以随意写下你最骄傲自豪的时刻和取得的惊人成绩——大的、不大不小的、小的、超小的。（我见到了总统；我可以爬行穿过整个房间且不会被人踩到……）然后，把这页吹牛皮的文字折成纸飞机，让你的才能冲上云霄。

第4个冒险

定义解码器

拟声词

吱吱咕咕嘀嘀嘟嘟——把这组词念上三遍。好的，但为什么呢？其实，这是一组拟声词。拟声词是指那些模拟真实声音或噪音的词。

你妈妈担心你上学会迟到，哗啦哗啦地甩起手中的钥匙。你从这本书里擦的一声撕掉一页，纸页在你手中皱成一团，发出吱嘎的破裂声。你的爸爸一边嘘嘘吹口哨、一边煎培根做早餐。你可以听见培根在煎锅里发出滋滋的声音。关门时发出砰的一声。喇叭发出嘟嘟声。啊天哪，现在你真的会迟到！你为什么不偷偷溜回卧室呼呼地缩在床上读一整天书？

成为一名声音收藏家吧。选一个你现在最愿意待的地方：棒球场的本垒后面，热带雨林里，海边，云霄飞车上，机场，火车上。看烟花，从跳水板上跳下来，甚至可以在垃圾堆里翻东西。选择任意一个有声音的地方着陆。现在，你在这里听见了什么？

你有可能听到或感受到某种声音，但是不知道那个词怎么写。那你就写："一棵树生长的声音……"或"小狗做梦的声音"。你在倾听声音的同时，也可以尝试探寻其他的感觉。一个没有加热的游泳池的感觉：哦呵呵呵！你跳入水中，破开水面那一刻的兴奋：哗！呀！我的天哪，好冰啊！油乎乎的椰子味防晒霜被挤出来的味道：啐！一片冰西瓜的味道：嗯嗯嗯！

在垃圾场

哔！哔！哔！
垃圾车在倒车。
哐当！
车子放下后挡板。
咯吱，咔嚓，咔嗒，咯哒。
一个芭比娃娃只剩一只胳膊
一件奇怪的亮黄色的小饰品
一台被摔碎了的老式录音机
一根还是青色的香蕉
所有的东西往下掉、往下掉
往下掉
掉到一堆垃圾里。
呜呜！
垃圾车爬上小山。
发出隆隆声！
车子再向后翻转

往山下开。

砰！翻一下。砰！翻一下。挤扁它！

向……

深

处

的

垃圾！

——杰克

词汇表

激动人心的时刻！

假设你正在写一个冒险故事。你那聪明过人的男主角此刻正在悬崖边，抓住一颗瘦小无比的树的脆弱无比的树枝……嘎吱！在远处，坏人正在嗖嗖逃窜。等一下，你的男主角好像在狂奔追赶他们。他从悬崖上掉下来，不过他没事。他最后没有啪地落地。欧耶，欧耶，欧耶！整个小镇为他欢呼。男主角脸红了，有些害羞，腼腆地向粉丝们挥手。当你需要用一些词来模仿声音、噪音、行动时，看看下面这个词汇表吧。

嘘	咿呀	哔哔	嘶嘶
砰	啪嗒	哇噻	哗啦啦
啪	嗡嗡	咳咳	呦呵
潺潺	扑通	嗝	嘎吱

嘻嘻	汩汩	咦！	啊啊啊！
沙沙	呱唧	踢踏踢踏	吧啦吧啦
呼呼	啧啧	呱呱	嗖
劈啪	滋滋	乒！	梆
吧唧	咣	嗒嗒	轰隆隆
呜呜	滴答	哟	吱吱
噼里啪啦	噗	嘘嘘	哗哗
咻	叮铃铃	欧耶！	当

如果你需要一个词来表现某种声音，但又没有现成的拟声词可用，试着自己编一个吧。

来自伊丽莎白·辛格·亨特的小纸条

亲爱的写作者：

如果你打算写一个惊险动作故事，一定要记得最最重要的元素：紧张感。有紧张感，才能推动故事向前发展，才能让读者们一读就停不下来。把一根橡皮筋从两端朝外拉，皮筋会绷紧拉长，这就形成了张力、紧张感。再多拉开一点，在拉力之下，皮筋会“啪”的一声断成两截！这正是你应该在故事快要结束时给读者制造的感觉。你需要在一个又一个险境中折磨你的故事主角（中途只能让他简短地休息一会儿），直到读者的神经紧张到像皮筋要断掉那样几近崩溃才罢休！接下来，张力释放，紧张感消散，再用一些舒缓的情节来安慰你的人物（和读者）。这样一来，读者不仅会对故事结局感到心满意足，也会为选择了你的作品而感到非常开心。

你真诚的
伊丽莎白

伊丽莎白·辛格·亨特的写作范例

一颗绿色的巨大头颅慢慢低下来，穿过门廊，往门厅方向移动。这颗头大到差点挤不过门框。它的眼睛暴突，颜色深黑，在大厅各处扫来扫去。上百颗又高又薄又锋利的牙齿整齐地排列在宽大的下颌上……嗷！那可怕的咆哮声把杰克吓得跳起来。虽然杰克还没看到它的身体，但是他记得路易斯·波特书中对这颗巨头的描绘。这是晚侏罗纪最凶残的肉食动物异龙的头。就在这间卧室里，托马斯让它复活了。

——《特工杰克·斯托瓦特：致命恐龙的叛逃》

《特工杰克·斯托瓦特》是伊丽莎白·辛格·亨特为年轻读者创作的系列小说，出版后大受欢迎。伊丽莎白在此之前没有学习过写作，2002 年开始写作第一个杰克·斯托瓦特的故事。现在，她和丈夫、两个孩子住在美国北加州。

突然有个故事……

什么都没有，你明白吗？

我看到后排有个戴蓝色头巾的男孩，他自我介绍说“叫我麦特”。我尽量不盯着他看，但我注意到他坐在那儿面无表情，脏兮兮的裤腿上沾了一些干草。他在面前的条纹纸上画了黑色的圈圈，命名为“什么都没有”。他说今天他的想象力空空如也：没有小狗，没有树，也没有席卷后院并打翻了他妈妈早先放在那儿的垃圾桶的暴风雨——为这垃圾桶，麦特的爸爸还吼了妈妈，当时麦特正跟弟弟在楼上玩。今天早上，妈妈冲他吼了。麦特上学又快迟到了，她早就提醒过他一百遍了——今天她没时间唠叨。她不想听他多说一句话。什么都没有，你明白吗？

你不打算写什么东西吗？是什么事情让你生气、烦恼、沮丧、难过、抓狂？说出全部你不想说的事吧：你拒绝讲述的一切，你鄙视的东西……你也许可以这样开头：我今天不想写……然后继续抱怨、发牢骚、控诉一切你不想说的事情。你想怎么大声、粗鲁、孤单地说，就怎么说。纸页不会介意的——它懂得安静地坐在这里倾听。

到你啦

试试这个

没有答案的问题

智利诗人巴勃罗·聂鲁达传世的作品中，有一部诗集叫做《疑问集》，他在里面以短诗的形式提出了74个难以回答的问题。聂鲁达提出这些诗歌疑问并不是为了发现真相，也不是让大家举手给出一个正确答案。他这么做，仅仅是因为提出问题可以让他的想象力得到运动、拓展和愉悦。你有没有为了提问而提问，享受提问本身，而并不需要回答？这样的提问一开始可能让你觉得有点儿怪。你的想象力可能需要一点时间来适应这种新的思维方式。你要提醒自己：对于这些问题，不用太较真。这样提问可以让你的想象力扬鞭驰骋，可以去探究事实背后的问题，去进行一些奇怪的关联。记住，你不需要得到答案。你永远也不用到达一个叫作“答案”的小镇。

如果结冰的石头只出现在我梦中，
那为什么会有寂静的闪电？

——克莱尔

为什么牛仔总是死在两公里以外？
浣熊戴面具难道也是因为被追杀？

——尼克

我的人生的小溪
是怎么看待红乌鸦之风的？

——凯莉

混杂的记忆最后会变成死火山吗？
我听见他们说悄悄话的回音，他们在说什么？

——肯德尔

是什么东西让人有了迟暮的心情——
卑微的过去还是幽暗的未来？

——塞缪尔

为什么秋天的叶子就待在它们的睡衣上？
为什么冬天要脱下雨衣加入春天？

——海莉

一部文学作品的关键在于笔帽
还是弄脏纸页孤单一角的一滴意大利面酱？

——塞伦

到你啦

你在想些什么呢？用下面这些词语开头，写下你思考的问题：谁，什么，哪里，为什么，怎么会，什么时候，可不可以，是否，对，如果，要是，可不可能……

定义解码器

改变视角

每次你在讲故事或复述某件事情时，比如妹妹没敲门就突然闯进你房间，你去跟妈妈告状，这时你是在从你自己的视角出发，来讲述这件事情。你是从你所在的房间位置看到了门突然打开。你跟妈妈说的是你看到的（门打开）和你听到的（妹妹在叫你的名字）。这件事完全是通过你（或你的故事主人公）的眼睛、耳朵、心灵和感觉呈现的。

第一人称视角用“我”来讲述故事，“我正坐在床上读《时间的皱折》，她没敲门就进来了，冲我大叫！”而你妹妹用她的第一人称叙述的事件经过可能是，“我打开门，叫了姐姐一声，因为我急着给她吃牛奶糖豆。”这些都是第一人称。在故事写作中，第一人称视角用“我”来叙述故事。

第二人称视角用“你”来讲述故事。“你正坐在床上读书，这时你妹妹突然闯进你的房间！”或者是，“你闯进房间，吼了你姐的名字，你激动地跟她分享你那盒牛奶糖豆。”有时候，你可能会选择这种第二人称的叙述视角，这样一来，你就能获得一些与自己的距离感。

第三人称视角则用“他”或“她”讲故事。“她正坐在床上，想着得开始写作业了，她妹妹突然闯进房间大喊大叫，手里拿着一盒牛奶糖豆在脸旁摇晃，简直就像个大笑话。”这种视角可以让你戴上一副面具或面纱来讲述故事。

你平时写作（和说话）用得最多的可能是第一人称视角。有时候，用第二或第三人称视角来写作和说话会很有意思。这么做的乐趣在于，这种视角会让你在审视你的生活时带上一种距离感和客观性。而且，用第二、第三人称视角来讲述和指称你做过的或打算做的事情，你就好像是在谈论别人。

如果你真想练习转换视角写作，那就改变你写作时的出发点。比如站起来转圈圈，转到头晕了，马上用第二人称视角写下你看到的东西、你怎么看到的……“你在旋转的世界东倒西歪，看到的一切都是斜的”……然后具体写出几样斜的东西。

坐到餐桌下面去，用第三人称视角来写一写桌子底下的脚、小动物、堆积的灰尘：“她（或他）坐在餐桌下面，数每个人穿的鞋。她妈妈穿着黑色的高跟鞋，意味着她一会儿要去上班；她爸爸穿了一双棕色的拖鞋，那是因为他感冒了，今天要在家休息；她妹妹穿的是踢踏舞鞋，她显然一会儿要去跳舞……”

以下点子可以帮助你练习视角转换：

· 躲在角落，以间谍的身份写作。

· 想象你在一架飞机上，得以俯瞰人生，像一个什么都知道的巫师一样写作。

· 想一个你最喜欢的反派角色，从他/她的视角来写。

· 每个人的方法都不一样。玩一玩这些代词：我，我们，你，他，她。

星期天的早晨

（斯科特的视角）

妈妈在洗澡，爸爸还没起床。我在抓门——他们假装听不见。我跑到房子外面，挤过篱笆间隙，我上次听妈妈跟邻居说：“斯科特穿不过去的。”今天早上我没有按时吃到我的早餐（我希望9点能准备好），所以我决定给他们点颜色看看。我沿着去小溪的路，一路走走嗅嗅，跌跌撞撞地闲逛。但当我准备回家时，却发现每条路都长得差不多。我不知道妈妈已经去找我了，贴了我在圣诞节拍的照片——寻狗启示。爸爸给警长打了电话，警察还来我家后院看了看。一个戴红帽子的男人吹了口哨："狗狗，到这儿来！"然后，他弯腰看了我的颈圈。我坐着他的吉普车一路狂奔，翻过一座陡峭的小山。然后……爸爸！我看到他打开前门。他把我的脸捧在手上，一面感谢那个好心人，随后送我到大厅。妈妈听到我回来的消息哭了。她亲吻我，给我看寻狗启示。妈妈把我的床固定在墙边，给我倒了一碗狗粮——我早就说了我要吃嘛。你看，果然有效，我现在都能按时吃到早餐啦。

试试这个

让月亮说话

在诗歌里，一切东西都能说话。选择一种非人类的事物，比如月亮、浣熊、夜晚、手电筒、流水、树、羽毛、火……让它们通过你的口来说话。你选择的事物之间不需要有联系。不过，你喜欢的话，也可以让它们产生联系。你甚至可以让一种东西谈论另一种东西，或者对着另一种东西说话。我的写诗同伴格蕾丝·玛丽·格拉夫顿在下面这首诗中尝试了这种做法。

谁在说话

月亮说，
我不知道该怎么办。

这个阴影
老往我身上爬。

浣熊说，
月亮真让我
烦恼——
它不能给我一个无月之夜。

夜晚说，
我没别的意思。
我老是弄丢
该死的手电筒。

手电筒说，
我希望我是水。
我心里的火
让我想去死。

水说，
好脏啊，好脏啊，
好脏脏啊，转来转去，
吞下一大口……
我打算休息会儿。

——格蕾丝·玛丽·格拉夫顿

到你啦

你会让什么东西说话？

树在说什么？

火焰能说话吗？

火会许什么愿望？

谁会回答无辜的月亮？

星星呢？它会说什么？

定义解码器

声音

如果你是一位歌唱家—— 一位诗人或讲故事的人——你的声音就是你最宝贵的乐器。就像你在拉小提琴或弹吉他前要调音一样，在读故事或朗诵诗歌之前，你要做一件重要的事，那就是清一清嗓子，或唱几个 do, re, mi, fa, so, la, tee, do，试试音。

纸页上也能听见你的声音，这个声音通过你选择使用的词和你遣词造句的方式传递出来。如果你感到难过或害怕，也许你会用低语的方式写作。如果你觉得被排挤或被忽视，你可能要嚷嚷着写。就好似专属于你的指纹和味蕾，你对这个世界发声的方式——在空气中，在纸页上——也是特别的：小心翼翼的、快乐的、自信的、温柔的、紧张的、充满控制欲的、幽默的、让人狂笑的。

要想听到两种完全不同的声音，那就记录一段你跟猫咪的对话，或者跟某个人、某种跟你完全不同的东西的对话。对话的内容当然要由你来写，但是你必须使用两种不同的声音。把说的话放入引号里——这就是对话。你平时跟现实中的人怎么对话，或者跟一个编造的事物怎么说话，你就怎么写。现在，我要让你看看我那只拥有特别爪子和独特个性的猫咪是如何用它的“第一语言”来说话的。原来，我这只小小的灰白斑猫脾气很大、姿态很高啊！

我：“克莱夫，过来！”

猫：“你不会真的觉得我是随叫随到的猫吧？”

我：“今天早上是不是有只猫没从猫床上好好起床呀？”

猫：“拜托，我是夜游侠。我是在打猎。整个晚上，如果你非要知道的话。现在全国都没有老鼠了，虽然这跟你没关系。

不过，我今天打算睡遍这个房子里的每张床，谢谢。还有，跟你说一声，没有人管那个叫猫床。”

我：“再来点牛奶吧？”

猫：“我再点一份金枪鱼，用干净的盘子装，我会考虑一下的。”

我：“来吧，克莱夫，我可爱的宝贝上哪儿去了？”

猫：“你又来了，使唤我。”

我：“克莱夫，你看狗狗总是很有礼貌。”

猫：“拜托。地球（狗的名字）在凯伦面前是没有脑子的。”

来自莫伊拉·伊根的小纸条

亲爱的年轻诗人：

但凡是“著名”作家，都意识到一件事，那就是这个地球上的每个人都是不一样的：每个人看待世界的方式不一样，闻东西的方式不一样，觉得这些食物和那些食物不同，这些音乐和那些音乐不同。你就是你。在你之前，没有一个像你一样的人出现。所以，你要写你自己，让这个世界看见你，让这个世界知道你是如何看待它的，你绝对不会觉得你没新东西可写或没有有趣的东西可写。最好的事情就是好好地看看你自己，但不要只是用眼睛看：去触摸石墙，去轻嗅花香，把奶奶星期日做的大餐吃个精光，去听新音乐，去听车水马龙的声音，然后把它们都写下来。

这是你的声音，好好使用它们。

祝一切顺利！

莫伊拉

莫伊拉·伊根的写作范例

心灵和石头

我有个朋友喜欢收集心形石头。
她采集这些不知从哪儿冒出来的石头，
它们散发着幽光，是大地单独馈赠给她的情人节礼物
大理石，水晶，砂岩，化石，石英石——
她的收藏囊括了冰河纪。
据说收藏家是为了填补
一个远古就消失了的洞。
如果是这样，我想告诉她
我们都有一个空洞，都有可怕的伤疤。
地球一层一层合生，
合生的力量创造了珍贵的石头和花岗岩。
如果心形石头反映了她的内心，
我想告诉她每颗心都已被石化。

莫伊拉·伊根，诗人，现居意大利。她仿佛是一块从罗马竞技场扔出来的铁饼。她的猫爱丽丝已经12岁了。莫伊拉和丈夫从事英语诗歌的意大利语翻译工作，她的作品《劈裂》获得了国家图书奖的提名。

试试这个

到石头里面去

现在，请你把书合上，到外面去，找一块石头。一旦找到一块属于你的石头，就坐下来认真观察。让这块石头在你的掌心活起来。把它握在拳头里，听一听，闻一闻（也许还可以舔一舔）。你的这块石头可能有灰白两色，它让你想起曾经有只斑点狗跟着你回家。或者它是自转的地球形状，又或者是一艘宇宙飞船，要拯救一颗着火的星球。有些石头很勇敢，有些很害羞，有些敢于直视你的眼睛；有一些可以帮助你拓展想象力，直到你内心深处拥有了锯齿般的、不规则的岩石一样的石头属性。你可能打算在这儿就停下来了。但是，如果你还想到石头里面去冒险一番，那就请系好安全带。在你的石头里，你也许会发现雪地里的靴子脚印、一群麻雀，找回忘却了的记忆、永无止境的弯曲了的时间。查尔斯·西米克写了一首题为《石头》的诗，他发现，“从外部看，石头是一个谜：/ 没人知道如何解开。”诗歌的结尾展现的是一个石头内部可能的画面。你会在你找到的特别的石头里发现什么呢？你的石头诗会怎么结尾？

没有两块石头是一模一样的，就像没有两位诗人会一模一样，你依然可以用“石头”来命名你的诗。

石　头

我想钻进石头。
不是为了占领，只是休息。
我性情平和，交友广泛。
不论我去哪儿，时间总在身边飞驰。
事物不时有冲突，但是我不在意。

我的颜色在外部。
事物来了又走，而我就在这里。
我的优美旋律随着午后的小河流淌。
我用手在世上旅行——
世界就是我最大的家。

——科迪

到你啦

撕掉这页！

著名作家约瑟夫·康拉德说过："给我一个恰当的词……我就能撬动地球。"选一个你喜欢的发音，打开字典，找一些你很久没有使用过（或从来没用过！）的词来撬动你的世界。采访你的朋友，问问他最喜欢哪些词。（今天我选择声母 P，因为排列一堆石头让我蓬头垢面，我趴在枕头上，旁边放了一本破旧的书，我迫不及待地看起来，然后瞥见很多我之前不知道自己偏爱的词：旁观，朋党，乒乓球，排场，皮卡，片段，泼辣……）等你写好，就把这页纸折成你喜欢的一个词的形状。我把我的纸折成一个很小的乒乓球，这样就可以在书桌上打乒乓球了。

第5个冒险

试试这个

一波沉默

在潜入沉默前，先花点时间来制造些噪音。提前告诉爸爸妈妈，你现在发出噪音是为了等会儿要进行的安静创意写作实验，这样他们就不会奇怪地问："喂，发生了什么？！"制造噪音可以有以下方法：用力地关门和抽屉（小心手指！），跺脚，拍手，吹口哨，大声唱，重敲，猛打，尖叫，呻吟，喘气，大笑，大喊，哼鼻子，打喷嚏，像你 3 岁时那样发脾气。对一个高级的噪音制造者的要求是：同时发出以上全部噪音。

现在，在你头脑、心脏、耳朵和你爸妈忍受了那么多噪音后，拿起笔。不要等待，不要犹豫。让噪音之后的一波沉默穿过你，跟上你的心跳。一开始，你可能会觉得很奇怪，有点害怕，但是你要冒险潜入你正在感受和仍然能听见的一切，甚至是（特别是）恐惧。有时候，你不想写的东西偏偏是你最佳的写作素材。所以，哪怕再难，也要进入寂静的未知。乘上你自己的这一波沉默。溅开你的答案的逆流，倾听它穿过纸页的回响。

宁静是什么样子

星星在夜空中闪烁。荒凉的小山丘。远处的湖面上飘荡着几只小船。微弱的灯光。火苗在舞动。已经遗忘了的故人的影子。天空中不再有烟花绽放。但是青蛙爬上山丘。一个印第安人在林中打猎。一群鱼儿。南瓜灯里的烛光在摇曳。

——艾丹

宁静过去的样子

它像大自然母亲，呼唤我。
声音之轻柔，似乎不曾有声音发出。
宁静就是所有人消失不见。
这儿，只有我，孤单一人。
我听见树在叫我的名字“贾内尔，贾内尔”……
在一个安全距离，我听见鸟儿在我身体里。
她婉转地说：我爱你。

——贾内尔

到你啦

词汇表

最远

代表“无限”的符号看上去像是数字 8 倒下来休息。然而，无限永远不会有休息的那天，所以它意味着你能去到的最远地方。有人说宇宙没有尽头……它一直无限延伸。你能想象去到的最远有多远？为了到达那儿，你沿途会经过哪些地方？（我一路遇见了 7 个飞碟，穿过一光年的类星体和流星群……到无限还需要些时间，所以我先吃一根月亮能量棒……）

画一些水平和垂直的线，构成一个矩阵。把下列词语（还有其他你需要的词语）安排在你的小故事里，让它们带你去旅行。或者用这些词写一首诗，谈谈你在家感到安全时和待在地球上某个地点时的感受。

星光	颗粒	宇宙	流星
倒影	碎片	模糊	星群
新星	条纹	北极星	射击
旋转	吸收	苍穹	黑洞
瓦解	光年	同心	超新星
轨道	螺旋	群	爆炸
飞碟	地球反照	速度	小行星
氢	发光	光环	模式
重力	银河	类星体	日食
丛	星云	顶点	银河系
北斗七星	同行者	猎户星座	小熊座
红巨星	原子	巨大	尘埃
环	爆炸	脉冲	月球

电子	智能	卫星	颗粒
太阳耀斑	发光体	彗星	大气光
亮度	阴影	行星	洒落

随着日出时的一次爆炸，我发射升空；我的太阳能飞行器留下了一道燃烧的热纹。透过窗户看地球，它渐渐变小，就像儿时记忆里被抱在怀里的婴儿。我射击经过的星星与旋转的由气体和冰晶组成的星球——它发光的样子就像一只超级大的萤火虫。我的思绪如同旋转的螺旋光环，我在寻找新形式的智能生命。当我的身体陷进座位里，我的想象力加速到飞行速度。我已经消失在了未来，那里没有时间悲伤，也来不及跟宇宙卫士银河道别。

定义解码器

名词和动词是你的朋友

名词是用来命名一个人、一个地方或一样东西的，是一件你能够摸得着、能真正触碰的实在的东西。

动词是表现动作的词。一个动词描述一个名词在干什么。

男孩走进了房间。

男孩和房间都是名词。我们可以摸那个男孩，能够摸到房间。那么，男孩是怎么来到这个房间的呢？他走进来。走是一个动作，这是男孩做的事情。走是一个动词……

……好无聊啊！

男孩还有没有其他方式进入房间？如果能找到一个恰当的动词，不需要你写太多别的，你的读者单从这个动词就能读出很多关于这个男孩的信息。多花一些时间来选择恰切的动词，可以让你省去再选副词的烦恼。副词是用来形容动词的（男孩快速地走进去）。如果你过多地使用副词，有可能把副词变成害人的朋友。所以，好好地琢磨每一个句子里最可靠的心跳——动词。完全可以用动词传递出男孩的想法和观点。

令人激动的动词

男孩除了可以简单地穿过走廊、走进房间，还可以用很多有趣的方式来完成进入房间的动作。看看下面这个列表。在空格处填上一到两个（或更多）列表中提供的动词（也可以填自己想到的动词）。找出你写的故事和诗歌，圈出你使用的动词，然后做个小实验，给它们加一点“动词维生素”，看看这些动词能变成什么令人激动的新动词。还有，再想想该怎么写这个无名的男孩是如何离开房间的，他下一步去哪儿……记得要继续使用生动的动词。

男孩 ________ 过来，________ 进房间。

翻跟斗	来回走	冲	倾侧
跋涉	跳霹雳舞	跌撞	挤
咳嗽	跳	滑行	跳草裙舞
跳房子	冲	骑单车	跳跃
倒下	踮脚尖	飞	月球漫步

后空翻	翻筋斗	爬	挖洞
扭	旋转	撑杆跳	爬行
背摔	翻滚	跳伞	摇摆

攀爬（窗户是打开的！）

来自盖瑞·索托的小纸条

亲爱的朋友：

我认识的任何一位诗人，都是从其他诗人的诗歌学起，然后慢慢建立自己的诗歌事业的。他们手边总是带着别人的诗集。20世纪70年代初，我藏在拳击手套里的书是W. S. 默温的《搬梯子的人》和查尔斯·西米克的《打碎沉默》。这两本书用它们充满创造力的思想喂饱了我对这个世界的好奇心。我在美国加州的夫勒斯诺市出生并长大，那些诗歌标题传达的诗意风景和我周围的世界太不一样了。我喜欢这些风景，我喜欢它们。后来，我在所有人的大师巴勃罗·聂鲁达的笔下发现了一个更大的世界。通过认真细读，我向其他人学习，从清晨的自然光线下开始读，一直读到夜深，最后直接在卧室的台灯下睡着。

保持坚强！

盖瑞·索托

盖瑞·索托的写作范例

四处看看，一直相信

好神奇，我们可以随时开始。
有了双脚，我们可以走在街上。
有了双手，我们可以采摘玫瑰。
有了眼睛，我们可以举起桃树
让它在风中——白色桃花花瓣
落在我们脚边。就像今天。我最开始
跟女儿在花园里，
妻子正在摆弄一株盆栽的天竺葵，
现在我走在大街上，
惊奇地发现太阳才这么高，
刚刚到屋檐，一个孩子
卷起报纸当话筒唱歌
一只小猎犬像跳蚤一样跳跃
我经过一家烘焙坊，一颗棕榈树
像一只海星，被压在
窗户上。我们一直忙碌着——
在这里，在那里，有阳光的地方
我们制造阴影，在只有噪音的树下
制造文字。

盖瑞·索托已出版30多部作品，包括《四月里的棒球》《站队》《被埋藏的洋葱》《来世》《邻居颂》《新诗选集》。位于夫勒斯诺城市大学的“盖瑞·索托文学博物馆”于2010年秋天对外开放。

突然有个故事……

你听到了吗？

深夜，我家的墙壁和地板都已熟睡，大厅尽头的天窗在打鼾，那个能泻进月光的方形小窗叹了一口气。在楼梯最低端，有一串滴答声和颤抖声。与此同时，黑夜围绕在楼梯两侧，发出类似抱怨的声音。我的猫和狗都听见了。还有在我的梦里吃草的绵羊——它也听见了。这个世界上有几百万种细小的、纤弱的声音，是我们人类的双耳无法听到的。这很难解释，但是每个房间、季节、学校、星球、石头、骨头、树枝、铅笔、细胞……万事万物都带有自己的“声音感”。有时候，我坐在靠近花园的地板上，闭上眼睛，把我的想象力调到最大最广的地方，认真倾听，就能捕捉到一些“看不见”的声音。前提是，我的内心足够宁静，把心灵的耳朵调到最灵敏。只有这样，我才能听到大黄蜂出生的声音，听到树枝在伸展、星星在燃烧，还有所有那些流星冲撞到月亮背面的声音。

你能听见的声音，或你认为你听不见的声音，其实都需要你写一个关于它们的故事或一首诗。你准备射门的足球发出的“敢于相信自己”的声音、《大富翁》游戏的声音、各种“请不要忘了我”的声音，甚至是（特别是）那些声音里的声音（恐惧的乱弹、树根的忍耐）。花一整天去听吧。整个晚上不睡，去听。捕捉所有的声音——你留心、在意的每种声音的回音。然后记录 5 种非要你把它们记下来不可的声音。

到你啦

撕掉这页！

列举让你开心兴奋和沮丧失望的事情。然后，用不同的感叹词去匹配每一件事情。例如，看到闪电风暴：啊不！睡衣派对：欧耶！我们的队伍以1分之差落败：咦！晚餐只有小洋白菜：噢！看看你能用多少个感叹词、多少个感叹号来对应开心的事或烦恼的事。用筷子做一面小旗子，把你的叫喊写在上面，下次碰到让你大笑或流泪的事情时，就高高挥舞它们吧。

第6个冒险

词汇表

棒球术语

你也许有几个叫作吉姆、艾伦、布茨、皮埃尔的朋友，他们都喜欢打棒球。好吧，也许吉姆比其他人更爱体育、更狂热，他们都去过纽约库珀斯敦的名人堂。他们对自己喜欢的球员（大部分来自波士顿红袜队）的战绩一清二楚。他们用起那套“棒球术语”来简直如行云流水。

全明星赛	芬威公园	不旋转球	投手责任得分率
一局	三人	猛球	滑球
暴投	三振出局	高飞球	安打
平直球	高吊下旋球	得州安打	尖叫平飞球
双杀	偷垒	好球区	休息区
绿色怪物	佩斯基杆	投手丘	曲线球
击球率	短打	冒险跑垒抢分战术	快球
高脂肪食物	重振雄风	职业运动联盟	局面不利
三垒	大三元	两双	出局

平飞球　　失误　　满垒全垒打　　变速投球

分离　　牺牲　　个人技术统计　　偷垒

四坏球后送上垒　　世界职业棒球大赛　　游击手

喜欢的运动，你做梦都是它，总想去玩，一有比赛就看，无时无刻不在谈论。如果你不喜欢棒球，那你喜欢哪项运动？没人能阻止你创造一套你自己的术语。你可以为你喜欢的运动的术语写简短的介绍，写给那些完全不懂这些词是什么意思的人，如果他们能弄明白这项运动的规则，就可以跟你一起玩、一起看比赛！

试试这个

一张清单的清单

你可以根据一张清单来写一首诗，关于任何内容都行：让我高兴的 15 件事 / 今天我从学校回家路上思考的 10 件事 / 我的猫觅食的所有地点 / 我死后每人能得到的东西 / 3 个秘密 / 每一处我睡过的地方 / 我的人类的耳朵听不见的 27 种东西 / 怎样成为一位伟大的棒球运动员 / 我父亲教会我的事情。你的清单诗的标题也可以列出一张清单：我最喜欢的老师 / 甜品 / 藏身处 / 人 / 颜色 / 数字 / 路标 / 味道 / 脏话 / 歌曲 / 季节 / 运动。清单的清单可以一直列下去。一旦你想出一个新主题，回到清单页，把这个新主题添加到你的清单诗的清单里。当你真正做好准备要动手写时，选一个标题，长吐一口气，然后开始写吧。

怎样成为伟大的棒球运动员

做一个热心人。

跟裁判说"嗨"。
如果遭遇三振出局，跟自己说：下次加油。
尽力打到球。
如果打出全垒打，就高高兴兴。
如果你是场外球员，不要老是骂骂咧咧。
也别骂那些二垒安打或三垒安打的球员……
如果获得世界职业棒球大赛冠军，连续庆祝12小时。
如果你输了，就说："明年我们赢回来。"

——吉雷

让我开心的14件事

跟我表妹一起发现黄蜂在后院的老巢
晚餐后不用我把碗放进洗碗机
小老鼠
妈妈跟我说：晚安，好好睡觉
坐在篝火前
爸爸下班回家
钢琴课取消啦
我的生日
妹妹的笑容
暴风雨
薰衣草的香味
周六的上午
没有干果的软糖
我的狗狗出现在窗边

——小组诗

到你啦

定义解码器

斯普纳现象（首音误置）

斯普纳现象非常非常有意思。它属于双关语的一种，即你在说话时，不小心把两个词的第一个发音对调弄错，这个错误足以逗人发笑。这个现象得名于威廉·斯普纳。斯普纳是一位老师，他在说话时犯了好多错误。有一天，他本来要批评一个学生没有来听他的历史课，错过了学习的机会，结果他不小心说成了：“你竟然历过我的错史课”他本来要说：“你荒废了一整个学期！”结果说成了：“你学荒了一整个荒期！”感谢威廉，我们这才有了斯普纳现象。现在，你也用斯普纳的方法来玩一玩文字吧，可以故意调换一些发音，创造出冒傻气的斯普纳句子。颠倒字词顺序，看看你的舌头能说出什么词语。说不定你还能创造像威廉·斯普纳一样的人物，每次他一张口说话，就会搞笑犯错误。

下面这些话是威廉本来要说的，但是猜一猜，最后他说出口变成了什么？

“一个毁灭性的打击”变成：__________

“你正在院子里点着一堆火”变成：__________

“班主任忙吗”变成：__________

谢尔·希尔弗斯坦最新出版作品的标题是《小书书：一本愚蠢的兔》，正常情况应该是《小兔兔：一本愚蠢的书》，这就是运用斯普纳现象的最佳例子。去图书馆借来看看吧，真的很好笑。

试试这个

现实生活中的英雄

在现实生活中，谁是你心目中的英雄？找出这个人的三个优点。也许他有最和蔼的目光和最大的脚，或许他骑三轮车的速度最快，又或许他的声音让你想起下雨天。他可能会因为别人念错他的名字而勃然大怒。坐下来好好想想，你想跟这个人说些什么、问些什么。（这个英雄人物也可以是已经去世了的。）

现在，给你现实中的英雄写一张小纸条，就好像你之前真的跟他聊过天。纸条上的第一句话是："我记得你 ＿＿＿＿＿＿"（这个空由你来填）。你可以频繁地使用"我记得……"开始一段话，但是要记住，小纸条就是要小而短，不用写太多。只需要写出你今天心里最想说或最想问的东西。哦，还得注意你填空用的词，这些词应该是有力量的。它们应该是你能看见或触摸得到的词，比如脸庞、飞机、无家可归、果冻卷、生日、毛茸茸的绿色、牙齿等。好啦，现在想一想，你的纸条最想写给谁、寄给谁？

给罗伯托·克莱门特的小纸条

我记得你第一次站出来
击球的样子
他们念错了你的姓。
如果当时我能看见你的脸，
就能体会到愤怒的感觉。
我记得你击中的第 3 000 个球。
我记得你坐飞机
给无家可归的人送去温暖。
我记得你在那次空难中丧生。

每次我站出来挥击球棒，就想起你。

——奎因

亲爱的艾利克斯爷爷

我记得你来照看我，
从你曼哈顿的糕点店
给我带来果冻卷。
你还给我带来了书和微笑，
穿一件短袖 T 恤衫
棕色的裤子提得老高，
就是爷爷的标准造型。
我记得你到加州来看我们，
带给我一个戒指
作为我 8 岁生日礼物，
奶奶选的最后一件礼物：
心形的毛茸茸的绿色的生辰石。
我记得我们背靠背坐在
草坪躺椅上，你给我详细介绍
牙齿的知识和牙医的重要性。
我喜欢你跟别的爷爷不同：
你的牙齿一直和你在一起，
其他爷爷的假牙泡在杯子里。
我记得我哭的时候，
多希望你还在我身边
有你的书和你的笑容，
跟爷爷一起吃果冻卷
就是爷爷应该有的样子。

又及：我把戒指用项链串起来，
它们靠近我的心，
我一直跟我的牙齿在一起。

——凯西·卡门戴尔

到你啦

来自露西尔·克利夫顿的小纸条

亲爱的年轻作家：

忽视答案，追随问题，问题会把你带到你需要去的地方。

爱你的

露西尔

露西尔·克利夫顿的写作范例

交给超人的便条

哎呀，超人，
如果我看到
穿蓝色紧身衣的你，
我一定能把你认出来。
唱诗班男孩克拉克
可以无所事事地
听故事，
但是你不行，
大都会需要你拯救。
城市里的坏人
玷污了氪石。
天哪，钢铁般意志的人，

我完全理解那斗篷，
打底裤，一切的
全部的细节。
你可以信任我，
我就来自那
最奇怪的星球。

露西尔·克利夫顿凭借《祝福的船》获得2000年国家图书奖。她根据自己的非洲裔美国人经历创作了20多部童书。

撕掉这页！

日本人相信，如果神要满足一个生病的人许愿康复的愿望，那么这个人需要折一千只纸鹤。在这一页，请你用 999 种不同的方法写一个人的名字，这个人可能现在很难过，或者生病了，或者需要特别的方法振作起来，要写满这张纸哦（可以把名字从后往前写、倒着写、从右往左写、用另一种文字写、用牙齿咬着笔写……）。然后，把这页写满名字的纸折成一只纸鹤，放在你的床边。每次你看它一眼，它就会向你爱的那个人散发长长的祝福健康与快乐的光芒。

第7个冒险

突然有个故事……

回忆永存

我来到瑞秋的桌边，她告诉我，她不喜欢写自己。

“我更擅长回忆我爸爸。”她说，“他已经离开我了。”

我告诉她，她可以写任何一个人，而爸爸是她最应该写的。

我的爸爸

我很高兴我用了7年的时间跟爸爸一起骑行穿越优胜美地山谷。遇上大雾天，我们就去海边玩；天气闷热，我们就去水塘玩。我记得，有一次我们徒步去一个人造的池塘，看到了好多好多鱼，我们最喜欢的是一条彩虹色的鱼，它的脊背是金色的。

她一直写，直到我让大家休息时才停下来。

我的爸爸就像一个我不能保守的秘密；他快乐起来，就像一只猎豹带着它的幼崽欢快地奔向地平线；他信任起来，不由分说，像一只老鹰俯冲向它的猎物。

下课的时候，她同意我把她写的内容带回家读。我回到家里，坐在桌边读完了她勇敢写下的文字：

现在，我再去优胜美地，那个曾经美丽的世界不再发光，月亮不再出来，蟋蟀停止了鸣叫，上帝不让它下雨。马不再驰骋，鱼不愿游泳，月亮停止了与太阳的对话。我真希望爸爸在这儿啊，但我知道，他现在正和一个朋友在珠穆朗玛峰徒步。

——瑞秋

想一个你喜欢的特别的人，一个你感到和他 / 她最亲近的人。这个人可能还在世，也可能已经离开了你。最重要的是，你在内心深处记住了你对这个人的感情——这种感情永远不会消失。你也许会想起他 / 她送给你的某样东西，比如一个小盒子或一个贝壳；也许会想起他 / 她教会你的某件事，比如织围巾或做后空翻。你还可以复述一个他 / 她讲给你的故事（他 / 她也许也是在复述别人讲给他 / 她的故事），描绘你们一起旅行过的某个地方，想象一下他 / 她现在在哪儿。把他 / 她写下来。

你擅长回忆谁、回忆哪些事情？

到你啦

试试这个

在我写作之前

回忆是一种强大的工具。你可能和大多数孩子一样，拥有极其敏锐的记忆力，能够记住你的老师说过的或承诺的话，记得你爸妈做过的或没做过的事情，而且能把细节记得非常清楚，比如当时说话的时间、对话的内容、冲突的焦点以及种种情形。现在，这儿有一项挑战：在今天准备拿起笔写作之前，写下你今天做过的所有事情，请严格按照时间顺序倒着写。荷兰一个科学家团队证明，倒着走路有助于把问题想得更清楚。所以，现在你就试试倒着走，回顾过去几分钟或几个小时里你都做了什么。

2009 年 11 月 12 日

今天拿起笔写作前，我在厨房吧台做水果沙拉。在那之前，我靠在椅子上，想起一个人，去年夏天他就是用这个沙拉碗来装采摘的樱桃。在那之前，我穿上 UGG 的靴子，想起昨天晚上发现蜘蛛错把我的浴缸当成它的家。在那之前，我一边上楼、一边摸铁栏杆。在那之前，我停下脚步，盯着红杉树看，感觉到猫咪在我的脚边穿行。在那之前，我去看了看邮件，还看了红色尾巴的老鹰在屋顶盘旋。在那之前，我跟邻居米歇尔打招呼，她的笑容感染了我。在那之前，我穿上黑色运动衫，把手放进口袋里，发现了一个 15 美分的硬币。在那之前，我在找我最喜欢的签字笔，想知道我的灵感缪斯何时才来。

到你啦

创造你自己的时间倒流。

试试这个

一种只有我的灵魂才明白的颜色

著名艺术家保罗·克莱说过，“颜色是我们的大脑和宇宙相会的地方。”颜色是一种神奇的东西——它们会说每一种语言，表现每个人的心情、感觉、记忆；可以描绘事物外观，比如山顶、游泳池、旧谷仓、夏日的清晨、天黑前的棒球场。现在请你选一种颜色，可以是你最喜欢的颜色，或是你平时不怎么在意的颜色。然后，去散个步。慢慢用眼睛和心灵去感觉所有的东西都变成这种颜色。想象你全身上下从里到外都变成这种颜色，就像一块磁石，吸引所有的东西都变成这种颜色。然后，尽可能多地回答后面“到你啦”的问题，写出你的答案。说不定你想给你的颜色起新名字或绰号，例如“馍咪咔”。也许你会成为一个冒险家，不害怕在每一种颜色的拐角或缝隙的迷宫里游荡。

馍咪咔

“馍咪咔”是我制造的一种颜色，它是褐红色、梨色、紫红色、浅绿色、黄玉色和紫铜色混合在一起形成的颜色。这种颜色的美丽只有我的心才能看懂、理解。它尖叫着穿过我的想象力，挤走我身体的其他颜色，这样它才能把快乐和幸福传递到我的心灵。它有几天在我身边慢跑，如果我因为一些小事不开心，它就会立刻跑过来给我加油鼓劲。它摇晃一杯热巧克力，给其他颜色讲故事。它一旦发现晚上有什么东西干扰我睡眠，便立马逼迫自己爬上我的床驱赶它们。面对其他颜色的牢骚和妒忌，它一定有一颗坚强的心脏。它为我充满了爱意。它的方形造型让它相对于其他圆形的颜色脱颖而出。它天生带有灵活性，这样才能随意地跟我的身体一起移动。“格凸”是一种我不认识的形状，我的颜色刚好跟它对得上，它尖尖的凸出是为了击退一切我不喜欢的东西。

——茉莉

蓝色，我们的朋友

蓝色的想象力的形状像天空。
孔雀的羽毛、丢失的纽扣和海洋的深处
都是蓝色收藏的一部分。在深夜，
蓝色踮起脚尖，穿过靛蓝色的风暴，来到时间河游泳。
蓝色横渡到河的另一边，有力、轻柔，
去数彩虹，去唱鲸鱼之歌，
它们在做梦和盘算创造世界需要哪些材料。
蓝色的一切秘密都保存在友谊的盒子里，
用一根绳子和一个绿松石的盖子捂得好好的。

——小组诗

到你啦

你的颜色怎样移动？

它出生在哪个季节？

它带你去哪个（些）地方玩？

你的颜色有什么愿望？

它的身后藏了什么东西？

什么声音不属于你的颜色？

哪三样东西不是你的颜色？

它是一盒什么东西？

它是一首什么歌？

它是什么形状？

它的朋友都有谁？

定义解码器

联觉：蓝色听上去像什么

试想一下，当你听见小鸟在唱歌或者感觉到一阵风穿过你的头发，这时，你的大脑里出现了一个蓝色的形状或一个三角形的图案。“联觉”就是一个人的不同感觉相互交叉、交织在一起，你能通过其他东西来体验某种感觉。有联觉能力的人听到（听觉）某种声音时会看见（视觉）某种特定的颜色。（很多艺术家和音乐家都具备联觉能力。）有人一看到字母“z”，就感觉到苹果皮的红色突然浮现在眼前。有人把猫咪的叫声形容为之字形的橘红色。还有人在画圈圈时感觉听到了尖锐的回旋声，或者觉得嘴巴里涌出一股金属的味道。

回答下一页的问题有助于你更好地理解什么是联觉，你也可以知道，我们有很多不同的方法去看和感受内部世界与外部世界的各个层次。

星星听起来像什么颜色？

星星听起来像 ______________

咆哮声吃起来是什么味道？

咆哮声的味道像是 ________________

圆圈闻起来是什么味道？

圆圈闻起来像 ________________

宝宝的哭声是什么颜色？

宝宝的哭声是明亮的 ________________

白色是怎样移动的？

白色像 ________________ 一样移动

悄悄话看上去是什么样的？

悄悄话看上去像 ________________

淘气闻起来是什么味道？

淘气闻起来像 ________________

绿松石色是什么质地的感觉？

绿松石色摸上去像 ________________

一个新点子感觉像是什么？

一个新点子感觉像是 ________________

跟你同年纪的小朋友的答案

蓝色听上去像冰川崩裂发出的声音，或是深夜里地球的心跳。

咆哮坐在我的舌头上燃烧；有时候，它的味道太刺激，让我差点流眼泪。

圆圈的味道很简单：它混合了湿漉漉的人行道和粉笔的味道。

宝宝的哭声一定是粉红色的，是那种明亮的粉红色；除了白色或灰色，它拒绝一切其他颜色的组合。

白色动起来像妈妈很开心地看到我和妹妹并紧紧抱住我们。

悄悄话看上去像一道墙边长长的影子或一个被剪错了的纸娃娃。

绿松石色摸上去滑滑的、凉凉的，似乎等不及要伸展一下，像黄色一样做热身运动。

来自艾非的小纸条

亲爱的年轻作家：

每个人都会有自己的想法。问题是，你打算怎么处理这些想法？我的儿子们是摇滚音乐家，他们把自己的想法放到音乐中去实现。我妹妹把她的想法和时尚融入诗歌。我哥哥用他的想法来帮助他理解科学。

面对你自己的想法，你打算怎么做？

我认为，阅读对写作很重要。你读得越多，就会写得越好。仔细倾听和观察你周围的世界，试着去理解为什么会发生这样的事。不要满足于别人提供给你的答案。不要全盘相信他人，不要把他人认为的对或错当作你相信和作出判断的理由。独立地思考推理。自己努力去寻找答案。一定要弄明白你相信一件事的理由。最后，把你的真情实感写下来，并从那些总会扑向你的批评中学习。

你的朋友

艾非

艾非的写作范例

那天好像太阳被偷走了。只有细细如丝带般的光线从绿色和牛奶味的空气中穿透出来，空气像糖浆一样伴着松树、越橘果和杜松子的味道。从铺着翡翠色地毯的连绵起伏的土地上，手指般带花边的蕨类植物蜷缩着，在它上方耸立着柱子一般高大的冷杉和松树，它们支撑着看不见的天空。悬在一切顶端的是跟这些树一样高的深深的静谧。波比敬畏地看着眼前的一切。她不记得之前想象中的蒂姆伍德森林是什么样子，她唯一知道的是，她没想到它是如此的巨大、浓密、幽深。眼前的景象让她觉得自己异常孤独和渺小。感觉渺小，让她成了眼前所见的一部分。成为眼前的一部分，又让她感觉巨大无比。真是太令人困惑了。

——《波比》

艾非创作的作品类型有历史小说、传奇故事、喜剧、推理小说、鬼故事、冒险故事、现实主义小说、画册。他已为儿童和青少年出版了 70 部作品。他的第 15 部作品《克里斯宾：铅十字架的秘密》获得了 2003 年纽伯瑞儿童文学奖。

试试这个

无论你做什么，都不要合情合理

这里有一项挑战，一项加倍困难的挑战，一项难到你几近崩溃的挑战。我敢打赌你回答不了下列问题（要做到让答案不合情理）。试试吧，我打赌你做不到。

温柔的反义词是＿＿＿＿＿＿＿＿

银色的边缘是＿＿＿＿＿＿＿＿

让小狗难过的事情是＿＿＿＿＿＿＿＿

无聊的核心是＿＿＿＿＿＿＿＿

明天等待你的第一件事是＿＿＿＿＿＿＿＿

盘旋的孤单听上去是＿＿＿＿＿＿＿＿

绿色的敌人躲在＿＿＿＿＿＿＿＿之间

过去的形状刚好对得上＿＿＿＿＿＿＿＿

十月的石头底座永远不会＿＿＿＿＿＿＿＿

粉红色的反义词是＿＿＿＿＿＿＿＿

雨藏身的地方打碎在＿＿＿＿＿＿＿＿下面

如果你把希望打开到最高一档，你会看到＿＿＿＿＿

如果你看一眼和平之下是什么，你可能会听到＿＿＿＿

当你把悲伤投掷到风中，它会交还给你＿＿＿＿＿

如果你跳入当下，你会降落在＿＿＿＿＿＿＿

当你踮起脚尖穿过幸福的山谷，你也许会发现＿＿＿＿

生活的一个片刻

明天的山顶，一只猫头鹰凝神等待。

银色的边缘，我无法描述。

惊心的狗叫声里是咆哮。

当你踮起脚尖穿过幸福的山谷，

你也许会听到抽泣的紫色在低语。

过去的形状刚好与一滴落下的雨滴吻合。

绿色的敌人躲藏在从岩石上飞泻而下的瀑布之间。

如果你看一眼和平下面是什么，就能听见渴望的呐喊。

如果你把希望打开到最高一档，你会发现天空中五彩斑斓的星光。

——萨曼莎

到你啦

三倍难度的挑战：你能不能用 10 ～ 20 个词（或更多的词）来扩展句子，或者把你喜欢的句子整合在一起，然后像萨曼莎那样写一首诗？

词汇表

飞驰的斑驳的绿色

尝试把一种动作和一种形状与一种颜色结合起来，然后创作一个全新的形象。飞翔的带褶边的棕色，谨慎而圆润的薰衣草色，飞驰的斑驳的绿色，摇曳而无精打采的深红色，紧身而凹凸有致的肉桂色……你能串连起多少种不同的组合？

动作

迅速移动	奔跑	跳跃	攀登	飞奔
跳起	全速奔跑	大踏步走过	快步走	飞驰
猛冲	脱口说出	飞跃	全速行进	呼啸而过
迅速前行	疾驰而过	倾斜	猛推	粉碎
下降	垂直落下	弹跳	潜水	猛扑
飞行	航行	爬行	沉重缓慢地走	没精打采地走
用脚尖走	蜿蜒前行	从容漫步	闲逛	潜逃
高视阔步	蹒跚	大步慢跑	慢跑	摇摇摆摆地走
摇摆	高飞	漂流	垂头丧气地走	俯冲
笨拙地走	旋转	溜走		

形状

平面	半球形	曲面	头重脚轻	有分叉
有圆齿	圆胖	多细枝	破碎的	成群的
有褶边	多块状物	有装填垫料的	有饰边	锯齿状
成簇状的	尖端细的	三角形	球状	摇摆的

圆形	正方形	矩形	饱满的	破碎的
椭圆形	八角形	波浪形	突出的	非常尖的
浮肿的	星形的	有角的	摆式的	有缺口的

颜色

红色	黄色	蓝色	棕色	绿色
白色	粉红色	米黄色	天空色	淡茶色
薄荷色	雪白色	浅橙色	芥末黄色	蓝宝石色
杏仁色	苹果绿	乳白色	玫瑰色	桃色
蔚蓝色	琥珀色	绿黄色	奶油色	珊瑚色
杏黄色	绿松石色	黄褐色	祖母绿	象牙白
树莓色	毛茛色	浅绿色	肉桂色	橄榄色
贝壳色	草莓色	金色	紫罗兰色	铜色
淡草绿色	珍珠色	深红色	橘色	孔雀色
青铜色	黄绿色	铂金色	红宝石色	灰白色
钴蓝色	胡桃木色	查特酒色	蛋壳色	

突然有个故事……

变身

昨晚，我坐飞机穿过一个迷宫，里面有倒下的树干、钟表和停滞的时间，我感觉自己变大（变轻）了。我在半空中跳方块舞和肚皮舞。我面对一堆火，变成一匹狼，又变成绵羊，再变成树精。每一次呼吸都让我更加接近一切的中心。我的生命展开，来到一个惊喜派对，那儿有舒缓的摇篮曲、友好的强盗、一排玉米和没有锁的门把手。我无法解释原因，但是我现在可以转化左边的天空。我的手臂变成了一只巨大白鸟的翅膀。我的心变成了月亮。我降落到地球上，双脚重新站立在地面。我动了动每根脚趾，打开收音机闹钟，我知道这个变身的梦就是我开始学唱歌时用过的各种方法。

你可以换衣服、换想法、换发型、换内衣。那么，换一个自己呢？变成一只老虎、一个波浪、跳房子游戏，或者一个身穿宇航服、手捧星星的小孩？你变身后，就可以休息一下，不再是原来的你。你可以从其他事物或其他人那儿借用他们全部的才能。我们经常在神话故事、幻想作品和科幻小说中看到变身的情节。如果你还记得自己做过的梦，可能已经体验过什么是变身了，因为梦会给你变身的机会，先变成某样东西，过一会儿又变成另一样。有时候，你只需要抓住梦的尾巴里一个奇怪的画面或是小细节，就能写出一个变身故事。

不用写“我突然醒了过来”这样扫兴的句子。像挖空心思设计惊喜派对主题一样审视你清醒的和梦中的人生，看看从哪儿写起。你可以带上特殊的探照灯从一间房走到另一间房，而这盏灯可以让某样东西变身。谁能想到呢，你也许会发现你的床头柜是一个收费亭，而你的阅读眼镜变成两座小冰山。用灯照一照你的手和脚——它们变成什么了？

如果你想练习写作奇怪的东西，那么这个变身写作练习绝对适合你。抓住一个梦境的尾巴，让它带你重回梦境。尽管编造你不记得的梦吧。祝你玩得愉快，变成任何东西（任何人），说不定你的前世就是它哦。

到你啦

试试这个

另一本字典

这里有一种方法，让你能尝试自己来解释词语，你会是从内部来解释你最喜欢的名词或物体的第一人。试试吧。去揭开住在一个词语内部（对你而言）的意义。别管《韦氏词典》啦，去定义、定义，下定义，朝着内部写，一直写到这个词的心灵深处的秘密中心。注意，不要写跟词典一样的意思。剥开层层外衣，来到你的专属 X 光所能看到的层次，看一个词到底如何被使用、如何被束缚在固定的凹槽里，以及它内心发出了怎样的鸣叫。

镜子

双向的墙
照射穿透
你的灵魂
或一扇外部的门
通向你的内部的
生命

日落

不是日出
不是太阳睡觉
而是为了适应夜晚的
迟钝的颜色
面对着烟花
当海洋变成
橘色的高速公路
面向我们打开车灯

冬天

白色的兔子纹丝不动
从团雾中离开
冰覆盖草地
留下平静的
神秘的脚印
猫头鹰不会打盹
而是暴风雪
归家的旅程

镇静

不是明天的热气
不是昨晚的月亮
在外面的里面
是现在这颗心
不是钟表
或水滴的哼鸣
而是一张倒挂的地图
和风儿的丝带

到你啦

创作你的定义诗吧。

忘掉标点。

忘掉完整句。

忘掉大小写。

你也可以用“不是”来开头。

来自贝琪·弗朗哥的小纸条

亲爱的年轻写作者：

我有一种叛逆的倾向，一开始写作它就会冒出来。我就像一个疯狂的化学家，把平时不能放在一起的东西放在一起，比如数学和诗歌。我也喜欢把科学和诗歌混在一起。我会写蜘蛛网结成的形状、蜂巢的六边形、候鸟在空中飞行的角度。我喜欢挑战不同类型的写作，把它们当成游戏。我写小说时，会尝试各种形式。我和一些作家在学校写俳句，有时候会写“宽松的不押韵的俳句”，我们不会严格按照“五—七—五”的音节规则——只有一句要押韵。我目前在编辑一部青少年的作品集，我想找的诗歌作品是那些敢于在形式、语言上冒险，特别真诚的作品。如果你喜欢结构，那很好。那会很有趣的，就像一个谜语。如果你不喜欢结构，那就推翻它。做一个疯狂的化学家。敢于冒险。

勇于试验！

贝琪·弗朗哥

P. S. 在完成《数学痒痒！》这部作品后，我继续创作着我命名为“数学痒痒”的数学诗。下面这首诗写的，是你可能在路上见到过的动物。

贝琪·弗朗哥的写作范例

屋顶
走廊
+ 停在下面的车
邻居家的猫咪所待的地方

水洼 − 被救的蠕虫 = 愁容满面的镜子
马铃薯瓢虫 × 手掌 = 突然的球体
鸟群 ÷ 秋天的天空 = 迁徙的冬天

贝琪·弗朗哥花费了大量时间创作诗歌，带给她最多灵感的是三个富有创造力的儿子以及他们无穷无尽的想象力。贝琪的作品有一部图像诗集《古怪的猫选集》、一部复调诗集《在猴子酒吧消磨时光》，还有一部给你大脑挠痒痒的数学俳句《数学痒痒！》。

定义解码器

俳句的小跳跃

俳句*是一种短小的三行诗：

第一行短（有人说要五个音节那么短；也有人说只要短就可以了……）

第二行长（有人说要七个音节那么长；也有人说只要比第一行长就可以了……）

第三行又短

把俳句想象成一个踮起脚尖想要够到你的微小片刻。你捕捉的这个片刻是你经历过的，那个读了你这三行诗的人也能像你一样感受这个片刻。俳句的主题，通常都是关于一些人们匆忙经历或完全错过的小的、不重要的事情：泥地里的动物脚印、损坏了的蜘蛛网、阳光照射你家猫咪肚皮或你爸爸脑袋的方式、一片小小的卷起的树叶、猫头鹰在扇动的翅膀。当你读到一首很棒的俳句时，你的心底会产生一种“啊啊啊”的感觉，那感觉很像是一种平静之中的悸动，或是一次激动的小心跳。

我爸
头顶秃了
变老了。
——伊利

一篱笆的荆棘——
多灵巧的狗
能钻进去！
——丽莎

* 俳句是一种日本的古典短诗，由“五—七—五”共十七字音组成，是由中国古代汉诗绝句这种诗歌形式经日本化发展而来。这里的三行小短诗参照了俳句格式，并未严格按照“五—七—五”的形式创作。——译者注

一只猫头鹰
朝着月亮飞去
扇动翅膀。
——科林

一只蚱蜢
在稻草人的袖子上
唧唧叫。
——齐卡图

祷告时，
想着某次旅行——
去旅行。
——露西

在树下
在沙拉里，在汤里
樱花开。
——巴莎

俳句的提示

要写正在发生的瞬间。
寻找小细节。
无须解释——让意象自己说话。
尝试跟你要写的东西对话——而不是谈论它。
把让人惊讶的或有趣的内容放在最后。

撕掉这页！

假装你是一个预言家。找把剪刀，把这页纸剪成一个个小长条，然后在上面写预言——好的预言，不要写坏话——就像你在幸运饼干里找到的小纸条。使用比喻和词汇表里的单词来添加细节。下面这个是我给好朋友林恩写的：“你会蜿蜒地滑行在一条快乐的人生道路上，像响尾蛇一样移动前进，最终获得巨大成功。”趁大家不注意的时候，把你制作的预言纸条放到他们能找到的地方：妈妈的钱包，爸爸的空咖啡杯，姐姐的大衣口袋，朋友的午餐包……再多写几条预言给你不认识的人：放在你归还图书馆的书里，压在人行道的石头下面，夹在某辆汽车的雨刮后……

第8个冒险

定义解码器

习语

习语是几个字长期待在一起组成的短语（由一组字词构成，它们组成一个团队），从外部看上去，字面意思和它内部实际表达的意思不一样。如果你从来都没听过某个习语，初次读起来会有种摸不着头脑的感觉，特别是当你试图从字面上理解它时，会感觉非常奇怪：这是什么?！你必须来到使用这个习语的城市或国家才能真正理解它的意思。习语不爱旅行。西班牙人用的习语，美国人就理解不了。一个来自巴西的习语，在法国就无法理解。习语是运用比较（就是隐喻！）的方法把简单的观点转换成画面（你头脑中呈现的画面）。你朋友的腿只是被什么东西割破了一个小口子，他却声称自己即将流血而死，你可能对他说："得了吧，山姆，别夸张了。你死不了的！"或者可以用句习语："山姆，别把鼠丘当大山。"（山姆所谓的"割伤"根本就是被抓了一下而已。）下面有几个经常用到的习语。品味一下，再去找几个来学习吧。

你可以说：“麦克今天抱怨个没完。”

或者使用习语：“麦克今天的帽子上肯定有只蜜蜂。”

你可以说：“安娜一点也不难过。她的眼泪是假的。”

或者使用习语：“假的！——那是鳄鱼的眼泪！”（据说鳄鱼在吃它的猎物之前会哭一小会儿。）

你可以说：“我爸爸很棒。他临危不惧，特别勇敢。”

或者使用习语：“我爸爸很棒。公牛冲过来时，他不仅不躲闪，反而抓住公牛的角。”

你可以说：“妈妈，琦琦的画得了第一名！”如果你是琦琦，这条好消息本应该由你来宣布，这时你可以对姐姐使用这个习语：“喂，你偷了我的雷声（你抢了我的风头）。”

你可以说：“娜塔莉不是真的善良友好。她只是在表演。”或者使用习语：“小心！她是只披着羊皮的狼。”

试试这个

用事实开头

写给表姐妹的信的开头，一般都是无聊的“你还好吗？我挺好的”，为什么不改变一下呢？可以一开头就问她知不知道人的一生用来说话的时间总计达10年。每一个你爱的人的身体72.8%是由水分构成的（哗，哗！）。用一条有趣的数据事实来开篇，可以抓住读者的注意力，让他们驻足停留，他们可能会挠挠头说："嗯，让我想一想，真的吗？真是这样吗？"要记住一些有趣的事实，它们也能成为跟别人聊天的话头。比如你是新来的，站在那儿正想着怎么打破僵局。你随意地问起有谁能用舌头舔自己的手肘（你知道这不可能，没人做得到）。还没走到他们面前，你就会看到你的新朋友们都在尝试舔手肘。从下面的事实中选择一个让你感到惊讶的，用它作为一封信的开场白或者发起聊天的话头。

你还能发掘多少不为人知的事实？

小鸡在空中飞行的最长纪录是13秒。

蜗牛可以一口气睡3年。

鳄鱼没法伸出舌头。

你的脚在一天里流的汗有500毫升那么多。

你和这个地球至少900万人同一天出生。

猫能发出100多种声音；狗最多只有10种。

加利福尼亚的火鸡比美国其他州的都要多。

全世界的4岁小朋友平均每个人每天提出超过400个问题。

一个人一生脱落的皮肤表皮总重量平均为18千克。

海豚睡觉时留了一只眼睛不闭上。

如果你用头顶足球，你会损失一些脑细胞（未证实）。

座头鲸是已知唯一会唱歌的鲸鱼。

南极洲的信天翁可以一直飞，好几年不着地。

你爱的人的身体有72.8%是由水分构成（值得再提一次）。

到你啦

试试这个

想象力的世界纪录

你肯定听说过吉尼斯世界纪录，它记录了各种各样有趣的打破纪录的壮举，例如：谁雕刻南瓜的速度最快，谁能跟 87 只响尾蛇在浴缸里待得最久，哪一组小朋友能够同时堆最多的雪人。吉尼斯世界纪录里有上千种已经创造的和等待人们创造的纪录。除了这一项：要不要让你巨大的、不知疲倦的想象力也比赛一下？试试看，输了也不会怎么样。你要做的就是在下面各种想象力比赛中填上一两句话。你的想象力是否做好准备，去赢得比赛了？

最真实的事情	最硬的东西	最平的东西
最柔软的东西	最深的东西	最吵的东西
最困难的事情	最友好的东西	最难过的事情

很可能你的想象力不久之后就能打破世界纪录，因为它能想出最多类别的“最……的事情 / 东西”。或者，你会因为一句话或一组句子获胜。加油吧！你能做到的，你就快打破纪录啦！

世界纪录之最有想象力的一句话

（由同学们大声宣布）

最高的东西是 12 只狒狒混杂在一起的声音。

最凹凸不平的东西是一张没加枫糖的凹下去的煎饼。

最友好的东西是一个没有被确诊的梦。

最简单的事情是嘴巴里含一根风滚草。

最安静的事情是打开一具木乃伊。

最慢的东西是一条受伤的蛇。

到你啦

最高的东西

最和蔼的东西

最慢的东西

最凹凸不平的东西

最圆的东西

最快乐的事情

最简单的事情

最黏的东西

最好笑的事情

来自卡罗尔·埃德加瑞安的小纸条

亲爱的写作者：

在这个世界上有好多人给你提建议，我不会为它们烦恼。我只能告诉你我对自己说的话：自始至终都做一个讲故事的人。你想知道作家们聚在一起的时候都干什么吗？他们会讲故事。他们真的就干这一件事。

最优秀的作家讲故事的方式就跟他们写在纸上的故事是一样的：结构、细节、节奏、语言、各种方法。所以，你看到了吧，作家总是在做作家的工作，一直都在练习，总是沉浸在生活中，从生活中寻找写作的素材，将其提取加工形成一个故事。所以，你要多多练习讲故事，不只是在纸上写，还要大声地讲出来。吃晚餐的时候也可以练习。注意你说的话，留心观察你的听众。他们是不是靠你近一点了？他们激动吗？他们感到厌烦了？啊，谁来帮你解解围？注意观察你认识的最擅长讲故事的人——你的妈妈、你的足球教练或你的弟弟。我认识的一些讲故事高手都是孩子。他们真是太厉害了，我真的一点都不夸张。

讲故事高手天生就知道讲好一个故事要懂得欲擒故纵，他们知道怎样牢牢抓住读者的心。

祝你好运！

卡罗尔·埃德加瑞安

卡罗尔·埃德加瑞安的写作范例

他把足球夹在手臂下面。

“踢一脚。”我说。

他的眼睛眨巴了一下。

“踢一脚吧。”我又说了一遍。

风把冰晶从高高的松树上吹落。派对上的音乐在我们的脚边震动着。他点了一下头，似乎是点了一下。

他的动作太快了——我都不敢确定他移动过。他的身体弯曲——“砰”的一声——足球飞向树顶。我们听见它落在地上——“砰”的一声——落到邻居家的后院里。

亚当·本奇转头看我，露出一排漂亮的牙齿。

我当时脑子一片空白。他跳过栏杆，从雪地里逃走，我一句话也说不出来。他跳过篱笆，拿到球，然后在雪地里跪坐着。他的样子就像专门放在院子里吓鸟用的陶瓷豹子。

——《上涨的幼发拉底河》

卡罗尔·埃德加瑞安出版了《上涨的幼发拉底河》和其他虚构及非虚构小说。她是《故事杂志》(www.narrativemagazine.com)的联合创始人及主编，这部杂志主要刊登故事、诗歌、漫画和艺术作品，目标读者是青少年和老年人。

词汇表

什么东西刚好能放进拳头里

这里有一份开胃菜的菜单。你可以随意混合、搭配。把它们分成一组 5 个、10 个、15 个、20 个……随便多少个，只要你的手掌、故事、诗歌能装得下。在做隐喻和明喻时，用它们来写小细节。只要你的写作独轮手推车能够装得下，尽可能多地加入一些这些拳头大小的物品。

钢笔帽	乒乓球	吉他拨片	葡萄
柠檬	蜡笔	鲨鱼的牙齿	仓鼠
大黄蜂	蒲公英的绒毛	雨滴	冰激凌勺子
冰块	蠕虫	枫叶	苹果蛾
狐狸尾巴	大理石	脚趾甲	橄榄核
橙子片	蛋壳	碎玻璃	高尔夫球
珍珠耳环	蚊子	金牌	鹅卵石
袜子	缝合针	盲蜘蛛	钻石戒指
鱼	牛奶球	胡桃	化石
鞋带	海龟宝宝	蝎子	幸运兔脚
棉花糖	小萝卜	爆米花	15 美分硬币
芭比同款太阳镜	羽毛	黑寡妇	可弯曲吸管
积尘	橡皮擦	邮票	草莓
一束棉花糖	图钉	狗牌	银元
纸夹	树蛙	手指甲	猫咪的胡须

煎饼	豪猪刺	迷你橡胶鸭子	钥匙
蒜头	树枝	橡皮筋	纸飞机
瘪了的气球	水仙花	雪球	雪花
蟑螂	蝴蝶	瓶盖	

突然有个故事……

让你受伤的大事件

爸妈离婚后

那天晚上爸爸离开后，我在客厅里找到妹妹，她坐在静音的电视机前。她用手旋转马尾辫，问我：我们现在该做些什么？但我想说的话像棉花糖，到了舌尖就融化掉了。所有已经发生的事情——和即将要发生的事情——就像一张我无法走出的用蜘蛛网编织的迷宫。我感觉自己像只剩下半边翅膀的蝴蝶，所以我唯一想起来能做的事情就是拉起妹妹的手，带她来到走廊尽头的浴室。我们在镜子前面站了很久，仿佛就是为了确定我俩都在跟前。妹妹问可不可以跟我一块儿睡。我把枕头摆好，铺好床单。我不知道该怎么解释爸爸不拿走一半东西的理由——不要我，也不要妹妹——他只想离开，沿着那条两车道的路，消失在带有苏格兰威士忌和杏仁果园味道的大雾里。

选一件你过去感觉或现在依然感觉重大的事件来写。可以是一种对你来说很重大的感受，比如当众感到难堪：你在比赛中场休息喝水，不小心洒到了裤子上，所有人都对你指指点点，问你是不是尿裤子了。或是一个重大的问题：你最好的朋友不想跟你一起玩了。或者是重要的回忆：那天晚上，你偷听到父母说要离婚。有时候，在你写某件重大的事情时——被他人嘲笑、一句轻率的评价、宠物死了、父母离婚——先从微小的事情写起会比较好，它们能支撑起处于中心位置的重大事件。

到你啦

撕掉这页！

伤疤是我们人生的一部分。在人生的某个节点，我们都会因路途不顺而跌倒，膝盖淤青、手肘擦破，然后慢慢站起来。有时候，我们需要缝几针或躺在沙发上、靠着枕头端一盘烤土司好好休息。过了几个星期、几个月、几年后，结疤的伤口证明我们走过来了。伤疤有可能是在身体表面，也有可能是在心灵深处。有时候，仅仅是某个人说话的方式就能在我们的内心制造看不见的伤疤。给你的伤疤画一幅素描。把伤疤这个词打倒，看看它会泄露出什么东西。把你名字的首字母写在上面，注明日期，然后把它贴在书桌上。看着镜中的自己，祝贺自己。你会看到一个勇敢的战士在朝你微笑。

第9个冒险

定义解码器

歌颂一下

"ode"（颂歌）这个词源于希腊文，意思是"歌曲"。颂歌是一种赞扬诗，你可以在这种诗歌中赞扬——或歌颂——你喜爱的某样东西或某个人。诗歌的基调，也就是你在诗歌中表现的声音，是宽容的、慷慨的、充满热忱的。著名的智利诗人巴勃罗·聂鲁达写了一整本颂歌，标题为《平凡之物颂》。他在这部作品中歌颂普普通通、平平凡凡的物品，比如一把剪刀、一块香皂、一簇紫罗兰、一把产自加利福尼亚的小提琴、法式薯条，甚至还有一双袜子。现在你明白了吧：你可以为任何一样东西写颂歌。是的，你甚至可以歌颂你的肚子、你的双手。

白白的肚皮

啊，白白的肚皮，
棒棒的自己。
开心啊！记住：
百吉圈，
白日梦，
宝宝，
板床，
波提切利，
巴厘岛，
饼干。

棒棒糖，
宝蓝色的气球，
白菜，
贝多芬，
芭蕉，
波德莱尔，
博·迪德利，
缤纷的鸟，
哔哔叫的蜜蜂，
咘咘响的蜜蜂，
棒极啦。

——琳达·沃尔夫

双手颂

黑色的蝙蝠，
亮粉色的松林，
紫色的蛇，
橙色的小溪，
黄色的树枝，
靛蓝色的灯光，
白色的电流，
淡紫色的闪电，
银色的羽毛，
动物们的金色耳朵，
都是我的手。

——柯丝蒂

你会给你身体的哪个部分写一首颂歌呢？

试试这个

停止时间

诗人查尔斯·西米克认为“诗歌的秘密愿望就是停止时间”。设想一下：如果明天你醒来，滚到床边想看一眼闹钟，你看到的不再是6点，那么，诗歌的愿望实现了吗？在深夜里，世界上所有的数字都消失了。现在，“我们都回来了”的时间在你眼前闪回。没有什么7点钟可言，取而代之的是猫咪出现在门口的时刻。8点也没有了，变成了杏黄色光线的时刻。城镇、州、省、国家、公交车运行表、数学考试、工作表、腕表、手机、计算器……所有的一切数字“嗖”的一下变成一团浓密的白烟。刚开始，大家都觉得有点疯狂，但是慢慢地就适应了这种全新的没有数字的生活方式。现在，我们有注意别人的时间、心跳的时间、放学后在柏油路上见面的时间、洗个澡看一章小说的时间、舒服地躺在月光下的时间了。你应该懂我的意思吧？

最喜欢的时刻

这是星星快速转动
龙卷风仓皇逃窜到远方的时刻——
这一刻太阳吞掉了天空
幸运跑起来上气不接下气，吃了一个桃子。
这一刻小小的心愿让自己
挤进地平线纤细的臂弯，
没有人会觉得是在浪费时间
或者担心什么是属于或不属于你的、他的、她的、我的。
这一刻每次你大胆念出“芝麻开门”
你就被带向旋涡中心的深处
在那儿你能听到世界的心跳。

——卡特里娜·特里洛尼

到你啦

所有的数字都爬去冬眠了。现在，你是刚刚被任命的时间管理者，由你来重新命名每一个时刻，由你来决定你的时间感是由什么定义的。建议：

用 12 行句子片段来创造一个新的钟表盘。

创作一首以“最喜欢的时刻”为题的诗歌。

突然有个故事……

留心你看到的东西

幸运和寂寞之间

我来洛杉矶参加朋友乔妮的婚礼。现在是下午5点半，天空的颜色慢慢变成粉色。我现在一个人在旅馆里写东西。空调一直开着——太冷了，我的脚趾都冻肿了，它们挤在袜子里相互取暖。旅馆的桌子是黑色的，上面还铺了一块玻璃，这让我想念家里的木桌子。窗台上有一只死苍蝇。我的舌头渴望一杯加碎冰的柠檬汁。台灯的灯罩是平行四边形的，底座立不稳。有半根带棕色点点的香蕉躺在安德鲁·克莱门斯的《我们叫它粉灵豆》上。隔壁房间的人肯定是在移钢琴。我的铅笔带着一块脏兮兮的蓝色橡皮。在桌子上方的墙壁上挂了一幅睡莲叶子的画。画家的签名未免太潦草了，我只认出了一个字母"J"。天空中飘着4朵云。我的心在幸运和寂寞之间跳动。我得马上换衣服了——我真想永远穿着睡衣。我把那只死苍蝇弹出窗外，然后脱下袜子，放下笔。我现在在洛杉矶——有4朵云和10个冰冷脚趾的洛杉矶，马上要去参加朋友乔妮的婚礼。

你正在做什么，或者你准备做什么？也许你正在数自己有几颗牙齿。也许你正准备把吸管放入巧克力奶昔，或者准备在一条两侧种满树的街上停下脚踏车。无论你在哪儿，无论你正在做什么——或打算做什么——停下来，看看四周。现在就看。你看到了什么？把你看到的一切都记录下来。在地球上生活了5年后，我们就不再留心我们眼见的一切了。

这个写作练习没有任何条条框框。你可以把思考的碎片记录下来——片段式地记录都没问题。你也可以来回跳跃地记录你留意的外部世界（移动家具的声音）和内部世界（干渴的感受）。好好地去看、去听、去闻、去品尝、去感觉。做你自己的生活报道员。对出现在你鼻子前面和触碰到你脚趾头的东西产生兴趣。如果你能做到这一点，你就会重新发现世界，发现所有的一切都是那么新鲜、崭新、简单、精彩、鼓舞人心。画一个圆，看看四周，然后像画圆一样记录周围的一切吧。

到你啦

来自凯伦·库什曼的小纸条

亲爱的年轻作家：

我开始写作是因为脑海中有了一个故事的想法，然后我想知道后来发生了什么。我想了解那个人物，想知道她以前的生活是什么样的，那么唯一能知道的办法就是编故事和写故事。当我这样看待写作时，写作变得简单，而且能够带给我巨大的快乐。但如果我想的是“天哪，我得写一整本书！”或“读者、老师、书商、图书馆管理员会喜欢我写的书吗？”或“我一定得写好，比别的书好，是所有书里最好的！”就没有快乐可言了。写作的最佳理由仅仅就是想知道发生了什么。

爱你们的

凯伦

凯伦·库什曼的写作范例

“你们这些癞蛤蟆和毒蛇！”女孩说道，她的奶奶也经常这么说，“你们这些癞蛤蟆和毒蛇！”然后她用力擤了下鼻子，声音在空荡荡的房间里回响。现在，这个奇怪的、黑黑的、冰冷的、窄小的房子里就只有她一个人。车夫把她和几篮白菜、几袋面粉一起运到伦敦后，就回家吃稀饭、喝啤酒了。一个头发乱糟糟、穿一件棕色上衣的男孩领她看过用稻草搭起来的小床后，也回他自己的房间了。那个高大的、看起来脾气很暴躁的男人，就是他叫她来伦敦的，但是现在他又不想要她了，他把失望像斗篷一样披在身上，走下黑黑的楼梯，消失了。呸，这个男人！呸，他们所有人！

——《点金术和麦琪·斯旺》

凯伦·库什曼的《助产士的学徒》荣获1996年纽伯瑞儿童文学奖，她的《小鸟凯瑟琳》获得该奖项提名。她的《露西·惠普尔之歌》获得了约翰和帕特丽夏·比蒂奖。此外，她的小说获得多个奖项。《点金术和麦琪·斯旺》是她的最新作品。凯伦目前住在华盛顿州的瓦逊岛上，并在那里写作。

撕掉这页！

等你非常生气，气到脸红脖子粗，像水烧开冒泡那样生气之后，再来碰这页纸。当你恨不得摔门、撞墙、拆枕头、撒鸡毛——在这种愤怒的状态下，找一只铅笔，把它掰成两段，然后一边发怒一边写作。写吧，把愤怒完全发泄到纸上，不要有任何保留。别想什么“啊，不要吧，这样一点都不可爱”。把你所有的想法和感受……所有令你想尖叫的东西……任何一个你想朝他喊的人……都写下来。把你的心整个儿地涂鸦下来。然后，销毁这张纸（撕、扯、粉碎、咀嚼，随你便），或者用打孔机把它打成蜂窝。

第10个冒险

词汇表

从Z到A

从拼音看，A打头的字词总是排在前面，而Z打头的字词永远落在最后。在下面的词汇表里，圈出由26个字母打头的26个词语，用它们来编一个故事，这个故事可以很傻、不合情理。在空白处，你还可以加入其他字词，让你喜欢的字词插队挤到第一排来。*

安静	暗礁	比赛	冰柱	草书
叉子	颤抖	承诺	厨房	创造
丛林	弹弓	弹球	低语	笛子
电梯	丢失	洞穴	风琴	风筝
蜂群	伏都教	浮木	感伤	海象
海星	号哭	号叫	虹鳟鱼	厚木板

* 原书中列示的词语按照英文首字母排序，此处调整为按照拼音排序。——编者注

护目镜	滑稽	坏人	火焰	夹心软糖
焦虑	爵士乐	口水	拉链	掠过
谜语	棉被	灭绝	闹钟	泥泞
爬行	喷射式飞机	皮划艇	平衡	桥梁
秋千	山羊	圣诞节	食蚁兽	史诗
水仙花	台灯	梯子	头盔	涡流
西瓜	向后转	小饰品	旋转	野生
一束	英寸	尤克里里	游艇	瑜伽
雨衣	运气好	Z字形	栅栏	侄女
侄子	指甲	重击	重力	皱纹

试试这个

只有你的鼻子知道

从你现在所处的位置开始，追踪每一种混合的气味，找到气味产生的源头。尽量多提供细节，数一数要经过多少步才能找到那个特别气味的源头。

今天早上，我追踪一只早起的臭鼬气味：

第 1 ~ 3 步：穿过卧室，踩进我的人字拖，从打开的窗户溜下来……

第 4 ~ 24 步：沿着参差不齐的枝干，爬到长了木瘤的橡树底下……

第 25 ~ 98 步：跑出大门，踏上泥泞的、小鹿走过的路……

第 99 ~ 156 步：穿过人行天桥，穿越树林……

第 157 ~ 274 步：钻进高高的草丛，为了偷看树洞里都有什么……

第 275 ~ 280 步：嘿，那个尾巴翘得老高的是什么……？

到你啦

从下列气味中选一种，从你现在坐的地方开始追踪气味的源头。完全可以按你的心意编造旅程中发生的故事。某些气味会自然地把你引向另一种气味。

清晨的臭鼬喷雾

玫瑰（和蜜蜂）

汗渍的袜子（在运动包里待了整个周末）

氯气混合了椰子油防晒霜

南瓜派和烤火鸡

熟透了的苹果（很快要被做成馅饼）

干干净净睡着的婴儿

干草和马

枫糖和煎饼

剃须膏

淋湿的狗（或猫）

松树和雪

鱼（尖叫的海鸥）

爆米花和黄油

木锯屑

才修剪过的草坪

肉桂吐司

薰衣草

其他气味

雨落在炎热的沥青路面

烧着的柴火

定义解码器

拟人大派对

所谓“拟人”，就是给非人类的东西——物品、自然颜色、想法、感受、动物——赋予人类才有的特点、能力、衣服、父母、朋友、爱好，甚至是观点看法。基本上，你拥有的任何品质，你能做的任何事情，或者作为一个小孩喜欢干的任何事情——唱歌、跑步、大笑、游泳、脸红、骑车、扔飞盘、吃桃子都可以——让某种颜色（比如红色）、爱的能力、海洋或昨夜大雷雨的含义拥有这些品质。拟人是一种慷慨的行为。把你呼吸的生命和想象力借一点给非人类的事物，让它们跟你一同分享你与生俱来的才能。

下面这个例子是把颜色拟人化后参加派对的情形，后面那首诗是关于如果雨是一个渔夫会怎么样。

拟人化派对

黄色迟到了。橙色连喝了两杯酱油——她以为那是可乐。蓝色咕哝道：“什么乱七八糟！”红色不怎么说话。白色光顾着跟自己的心灵对话。绿色好担心自己会犯错。粉色躺在泳池边——她想晒黑点。棕色主动要求为派对的食品埋单。你问灰色问题，他总是想半天才回答。黑色逗得所有人哈哈大笑。紫色很害羞，躲在树洞里，蓝色叫她出来时，她脸红到不行。绿色有点怕蓝色。橙色说她玩得很开心，她是真的很开心，一点没说谎。紫色感觉到豆大的雨点打在身上。红色立马拿出雨伞。白色拒绝了打伞的好意，因为她就想被淋湿。

——格雷西

雨

雨不懂礼貌。
直接爬到你身上，
把一切都变得湿哒哒的
像刚出生的蝙蝠的翅膀。
他是一位穿深色雨衣的
渔夫，拖着他捕的银色鳟鱼
一步一个脚印地回家，
一路上抱怨个不停。
他把世界刷成黑色
这样他就是世上唯一的光线。

——凯尔

来自帕特丽夏·波拉蔻的小纸条

亲爱的年轻写作者：

谁会想到，曾经是小女孩的我，曾经在学校读书时熬过了那么多痛苦的时光，最后会成为一名作家和插画家？人们问我，我是从哪儿得到想法和灵感的……那个地方跟你们的一样。那就是我的想象力。我猜，我的想象力之所以比较丰富，是因为我来自一个很会讲故事的家庭，而且，我们家没有电视！！！你会看到，如果一个人是作家、演员、舞蹈家、音乐家或任何从事创造性工作的人，他在写作、表演、跳舞、演奏音乐和创造时，能听到来自自己身体里的“声音”。我们每一个人都拥有那种“声音”。我们所有的灵感、想法都来自它。但是，如果有个电视摆在你面前，它一直发出声音、传递声音……它会把你的声音淹没掉！所以，关掉电视，倾听你自己的声音……听……认真听。

爱你的

帕特丽夏·波拉蔻

帕特丽夏·波拉蔻的写作范例

一年一度的家庭露营旅行就快到了，格拉夫博士还在书架上绝望地寻找他想要的地图。现在，他爬上高高的梯子，从书架的最高层扯出一个积满灰尘的古老卷轴。“找到啦！”他一边说，一边吹掉羊皮纸上比云层还厚的灰，拿到书桌上铺开。

罗尼和他最好的朋友——赛斯和萨拉，还有家里的蜘蛛，都兴致勃勃地挤在桌边看地图。格拉夫博士的手指在地图上追踪着什么。

“就是这儿……冷泥湖。”他大声说道。

“爸爸，只有我们知道，对吗？”罗尼轻声问。

“很可能就只有我们。”格拉夫博士回答，陷入了沉思。那里被嶙峋的峭壁环绕，只能通过一个秘密隧道前往。那里是被时间遗忘的地方。从来没人去过！一个诞生传奇的地方。

“啊，孩子们，想想我们能在那儿发现的东西：蜘蛛的新种类，巨大的沼泽水蛭，甚至可能有疣状蟾蜍阿哥力克斯。”他的声音逐渐变成了悄悄话，“也许还有我们不知道名字的生物。”

——《格拉夫一家去露营》

如果不是在吓唬邻居或创作新的图画书，帕特丽夏·波拉蔻就会到全国各地旅游，跟孩子们分享她的故事，在学校会议室、图书馆、书店里举办讲座。她的作品有《谢谢你，福克先生》《卡茨和图什夫人》《我的堕落红发哥哥》《在玛德索克牧场野餐》《平克和赛伊》《麦克夫人》等。

撕掉这页！

有一个很多人都不知道的现象：如果你给住在你家浴缸里的蜘蛛取名“塞米”，你再想弄死它时，就会感到非常困难。给东西起名字——从蜘蛛到旋转座椅——是一件很有意思的事情。试试吧：吉普车杰弗瑞、旋转座椅查理、桉树露西（她在澳大利亚的时候还是一颗种子，后来走错路来了美国）。给你房间里的5种（有生命的或没生命的）东西起名字。在这一页写下它们的名字，留出足够的空间，给每一位新伙伴都做一个姓名牌。把它们介绍给跟你一块住的人，这样他们也能认识它们——甚至可能渐渐爱上它们。

第11个冒险

试试这个

捕捉低语

每一种事物都有自己的声音，有发言权，渴望被听到。但是，我们通常无法真正静下来去听最安静的事物——树、鹅卵石、山顶、云朵、蜘蛛——发出的声音，以及它们想跟我们分享的消息。为了能听到最安静的声音，你必须让你整个身体——内部和外部——都沉淀和安静下来。去森林或海边有助于训练你这种倾听的能力。但是，如果你不住在森林边，离大海也很遥远，那么就到花园里去散个步……或者就在你家里，让窗户都大开着（书桌、台灯、椅子、窗台、盘子、叉子、餐刀、勺子……它们都有秘密要分享）。爬到山顶去，或站在桌子上；坐在柔软的草地里，或钻进一个旧沙发的窟窿里；爬到你的床底下，或站在打开的窗户边……然后等待。不能不耐烦，要温柔地、放松地、哪儿也不去地等待。很快，你就能听见了：所有的声音都来自一个遥远的声音；所有的声音都在一个低语的世界里盘旋低飞。如果你第二天同一时间再来，你会听到它们带给你的跟前一天不一样的新消息。

到你啦

你听见什么了？完成下面的句子。（提示：你也许需要词汇表的帮助。）

今天，一朵云说……

昨天晚上，一只蜘蛛承认了……

野草挤到人行道上，问它是否可以……

一只小鸟在我的屋顶飞翔，送来祝愿……

一片树叶在落地的过程中透露……

每一个门把手都在不停地问……

我衣柜里的衣架想知道……

勺子真正想知道的是……

一颗蘑菇从地底钻出来，唱道……

壁炉乞求说……

后院里最高的那颗树坚持认为……

一颗星星刚刚给我发送的消息是……

词汇表

让人讨厌的词

有时候，你需要一个词，让你的句子变得怪怪的。比如在名词后面加上“样儿”“劲儿”“味儿”之类的补充语，让它变成一种特别讨厌或非常恶心的意思。使用让人讨厌的词要谨慎哟，这些词会给人留下挥之不去的奇怪感觉。看看你能用多快的速度给你那没有准备的读者带去一种怕怕的感觉，像被鞭子抽打一样。祝你玩得愉快！

嗝味儿	垃圾样儿	绿样儿	蛆样儿
渣滓样儿	矫情劲儿	油乎劲儿	恶心劲儿
腐败样儿	惨样儿	黑样儿	烂泥样儿
黏乎劲儿	头屑样儿	啰嗦劲儿	疤瘌鬼样儿
吸血鬼样儿	糊劲儿	蟑螂样儿	肉虫样儿

粪坑味儿	烂泥样儿	毛乎劲儿	疙瘩劲儿
臭劲儿	莫名劲儿	鼻屎味儿	耳屎味儿
跳蚤样儿	蛇样儿	唾沫味儿	霉样儿
血乎样儿			

试试这个

你能找到多少乐趣?

你有没有认真想过你能找到多少乐趣?不要担心你现在写的东西是不可能的事情，或是很粗俗、很不真实、太恐怖、别别扭扭、几乎没有发生过或刚刚才开始。只要你觉得有趣，就算把你的贝蒂奶奶气得跳起来扯着嗓子尖叫也没关系。就是记录下无畏的、自由流动的、在你生活中留下美好印记的记忆或白日梦。这些内容可以跨越年代和时区。在每句话的开头使用让人喘不过气的连接词“然后”(如下文例子所示)。记录下每一个有趣到停不下来的细节。

真是太太太有意思啦!

然后，我们从巨高无比的石头上跳入又深又冰的小溪中，溅起水花，完美着陆。那也太太太冰了吧。然后，我们从房子里面跑到房子外面，又跑进里面，又跑到外面，伊莱扎的妈妈一点都不管我们，跑来跑去不用记得关门。然后，男孩子都来追我们。然后，我们尖叫着躲进伊莱扎的衣柜，死死地捂住嘴巴，不让他们听见我们的笑声。然后，男孩们打死都找不到我们。然后，开始下雪了，真有趣!然后，雪把街对面的小山覆盖得严严实实。然后，我们带着方形的硬纸板爬到山顶，然后屁股坐在纸板上滑下来。那个声音是这样的——刷哇哇哇！我们比赛冲下去的时候，风猛烈地吹打我们的脸。你猜怎么着？我赢啦！然后，我们动手挖一个通往中国的雪洞。真是太高兴了，因为我妈妈同意我们随便玩到几点。晚些时候，我们开始用枕头、靠垫、毯子和床单来建造堡垒。我邀请克里斯汀·莱曼来参加睡衣派对。贝蒂斯、吉娜、尼基、克丽丝、佩斯利、罗南、爱丽、冬妮都来了。然后，我们所有人都挤进戈登大街345号房间楼下的一个房间。然后，我们把睡袋摆成一个圆圈，一边吃爆米花、一边讲鬼故事。然后，妈妈下楼来，我们假装已经睡着了。然后，罗南低声说："真讨厌！"然后，我们就憋不住了。然后，有人发出哼声（我觉得应该是我）。然后，我们都笑了——笑到不行。

到你啦

定义解码器

港口男人的脚趾

这个标题的法语是“Portmanteau”，意思是“旅行包”或“大的旅行箱”。它的另外一个意思是“合成词”，就是把两个词合在一起形成新的词，例如，早午餐就是早餐和午餐合在一起而成的。打开你的单词旅行箱，去混合、搭配你最喜欢的词，创造属于你的合成词吧。你创造的合成词可以是词典里已有的，也可以是自己编的。你的想象力衣柜里是不是有两个词特别想被缝在一起？想要多愚蠢、多严肃或者“蠢肃”，都随你。这些合成词可能有一些能在词典里查到，有些则是查不到的。也可以向《爱丽丝漫游仙境》中炸脖龙的创作者刘易斯·卡罗尔学习，创造自己的合成词。

下面的合成词里，有的是词典里有的，有的纯属瞎编乱造。

刀子 + 叉子 = 刀叉
雾 + 霾 = 雾霾
步行 + 马拉松 = 步行马拉松
拉布拉多 + 狮子狗 = 拉布拉多狮子狗
巨大 + 无边 = 巨大无边
西藏 + 獒犬 = 藏獒
老虎 + 狮子 = 虎狮
假的 + 假期 = 假假期
衬衣 + 袖子 = 衬袖
玩乐 + 工作 = 乐作

试试这个

绘制你的旅行图

英国考古学家霍华德·卡特在埃及坚持挖掘工作很多年，当地人都认为他不可能找到帝王谷里图坦卡蒙法老的墓地。但是，卡特的决心十分坚定，他自己制作了非常详尽的地图，还用三角形网格来划分。虽然他挖到的一直都是沙子和碎石，但是他一直心怀希望，内心深处无比坚定。夜深时，他还在画地图，他用这种方式来巩固自己继续寻找失踪法老的决心。

有时候，你会在一条充满了不确定性和挑战的路上前行，但你知道，路的尽头一定有宝藏在等你。给自己绘制一幅地图，对照着地图，一步一个脚印往前走。每一块石头都要翻过。在真实和想象的国度，你都应该画出你的轨迹图。还要记住，你想找的财宝也潜藏在你途经的每一个时刻。这里有些单词可以用来开启你的寻宝之路：开始、滑向、小心、前行、请求、挖掘、爬上、潜游、探到……

寻宝图

从黑乌鸦吃东西的根部开始
滑向哈克卢步道
头碰到了石头向后翻
向右转爬上雪顶
小心那个不高兴的隐士
朝东南方向谨慎前行两英里
请求风抹去你的脚印
挖掘那堆冒烟的土
最后爬上住满了鲑鱼的小溪

戴上为你准备的蓝色潜水镜
潜游到溪底挖软泥
很快你就能探到银子和金子
还有关于你神秘人生的真相

——阿力克斯

到你啦

来自普拉索·赛雷诺的小纸条

还在训练期的巫师们：

语言的神秘世界没有尽头。来自我的嘴巴、喉咙和肺部的声音，怎么才能变成故事传递给你们？我可以给你们清晨金色的天空，让你们品尝熟透的草莓，让你们闻到肉桂烤吐司的香味，让你们看到向池塘扔鹅卵石溅起的水花，还有夏夜里热乎乎的空气。我喜欢语言在我们心里绘出的图画。而且我特别喜欢写一些我弄不明白的东西——神秘的人或神奇的事。

爱你们的

普拉索

普拉索·赛雷诺的写作范例

我的诗歌

我的诗歌是一块超越我脑海边际的陆地；
我的诗歌同细润无声的小雨、
飓风、篷车队、缅因州来的女孩，
还有我家鹦鹉唱的小曲、感激的话语，
未说出和未听见的事情
一起产生美妙的回响。
我的诗歌由萤火虫点燃，与哭红的双眼

同时出现，就在所有的理由消失之前。
在我的诗歌里，鹅和金色的光在秋天的夜晚
飞翔。人们在大街上起舞，
他们敢于冒险，最后陷入迷醉，
相信迷离中一瞥的神奇。

在我诗歌的页边，有一只蜻蜓、一位武士，
一个天空中的窟窿，你和我，相互凝望，
不用问为什么。
我的诗歌是一块超越我脑海的陆地
在那里没有值得担心的事和需要怪罪的人。

普拉索·赛雷诺是一位画家、诗人，获得锡拉丘兹大学的MFA项目基金。她出版了三部作品，下面这一部她既是作者也是插画师：《引起轰动：厨房用具的秘密生活和爱好》（Mansarovar Press, 2007年出版），她一半时间生活在纽约，一半时间在加州。她认为，二年级的孩子是世界上最神秘的物种。

突然有个故事……

现实生活中的魔法

我从三年级开始练习在现实生活中运用魔法，第二年的夏天就成了专家。什么时候我想要某样东西了，或者想让某件事情发生——我会使劲地许愿、用力祈祷——我唯一要做的，就是从宇宙深处源源不断地产生的魔法中提取那么一点点。然而，我知道这种魔法和那种从帽子里变出兔子的魔法没有半点关系，这种魔法需要你每天都真心相信，只有这样平凡的魔法才会向你显现神奇之处。（我才发现，其实这种魔法每个人都有，我现在可以确定这一点……只要我们能长时间地保持清醒，就一定能看到！）

有一天，我决定去创造我想要的东西。我从楼上的亚麻衣柜里找出一个有魔法的枕套，另外找了五个小物件放进去——我选了一块石头、一根羽毛、一个松果、一片叶子，还有一个冰块（这个冰块神奇地消失了，于是我换了一个贝壳替代它）。然后，我从包装纸上撕下一角，把自己希望发生的五件事写在上面。其中三件我记得很清楚，它们是：跟我最好的朋友克里斯汀·雷蒙、吉娜·兰戈办睡衣派对；全家人到大苏尔国家公园露营；我想打耳洞去征求妈妈同意时，她回答“当然可以，为什么不呢？”写完后，我双腿盘坐在床中间，像魔法师变戏法那样，从枕套里摸出那块石头，把它变成我的大苏尔露营。我看见了，我看见了旅行的全过程，好像它真的发生了——我和妹妹在爸爸的带领下跳过溪水边的大石头，高大的橡树把小溪遮得严严实实；我们把树枝削成烧烤签，串了棉花糖在火上烤，星星就在我们身边跳动、滑落。我还编了一段魔法咒语，可以让这块石头把我们直接送到大苏尔国家公园中心深处的峡谷。

想要在现实中施展魔法，你要像走高空绳索那样，带着只许成功不能失败的心理，去相信见证奇迹的时刻。你不能有一丁点儿的犹疑（在某些魔法圈里被称作恐惧），就只专注于保持平衡，用这种专注来帮助你实现最微不足道、最疯狂、最想要的梦想。有时候，你那些最想要且没有任何东西能替代的梦想一定要去实现，要让梦想成真。

那年夏末，爸爸竟然有两个星期的时间带我们去——我已经知道的大苏尔露营，我们把营地扎在离峡谷最近的地方，我们伴着溪水冲刷石头的声音入睡。还是那个夏天，妈妈同意我邀请两个好朋友到家里过夜，还让小姨带我去商场打耳洞——现在我的每只耳朵上都戴了一只金耳环。

到你啦

你每天施了哪些魔法来帮助你实现梦想？如果你不确定，去找一个魔法枕套，放 5 个小东西进去。然后，拿上这本书和一支笔，找个地方坐下来，写下 5 种你想拥有的东西或 5 件你希望发生的事情。写详细些。别在意句子或结构。魔法只在意你想象力的深度和你内心的诚意。

提醒：你的魔力也许过夜就会失效，但是如果你的愿望非常强烈（而且你写得足够详细），结果就不一定了哦。放开写吧，把你最初想象的样子和它最终实现了的样子都写下来。记住，不要因为惊喜而喘不过气哟！

试试这个

存在状态

跟下面的某个词语交个朋友，问问你的文字朋友，它对什么感兴趣、对什么东西最好奇。像跟朋友在一起一样，跟它打闹、问它一个接一个的问题。跟“笑声”“信仰”“愤怒”“智慧”做朋友吧，看看它们会如何回答下面这些问题：你住在哪里？你的老师是谁？你最喜欢哪门课？体育课？你午餐喜欢吃什么？长大以后，你想做什么？你最大的困难是什么？你喜欢去哪里旅游？你最喜欢什么乐器？你平时跟谁聊天？什么事情让你觉得好笑？你有没有躲起来过？你害怕什么？你有弟弟或妹妹吗？他们叫什么名字？你的生日是哪一天？你什么时候可以取牙箍？一年四季里，你最喜欢哪个季节？喜欢哪种颜色？哪种形状？哪个数字？哪首歌曲？哪本书？去哪里玩？

愚蠢	原谅	镇定	同情	爱
饥饿	慷慨	恐怖	缺席	失去
激动	想象	吝啬	恐惧	宁静
势利	勇敢	怀疑	温柔	骄傲
孤独	警告	强度	智慧	和平
笑声	关怀	厌恶	彬彬有礼	喜怒无常
焦虑不安	力大无比	尊敬	创造力	美丽
惊奇	信任	欣赏	信心	尴尬
悲伤	快乐	愤怒	羞耻	想象力
惊讶	紧张	信仰		

信　仰

信仰有一头棕色长发，
戴一条紫水晶项链。
她在满月之时唱歌，
风拉着雪花跟在她后面。
十月是信仰的第十个生日。
她邀请最好的朋友——希望和爱，
还有她的小妹妹真实
聚到深蓝色的中央
一起开派对。

——劳迪

怒　气

没人喜欢他。没人注意他。
他不被理解，非常严厉，
因为过去的记忆。人们都说
他难以接近。当他受到责备时，
他无法表达自己。他想要躲起来，
消失，想一切变好……
到底要怎样？为什么？我可以吗？他扪心自问。
他神色阴郁、耸肩弓身地走开。
他总穿黑色衣服，害怕露出脸庞。

——艾比

到你啦

以你新交的词语朋友为题，写一首小诗。

试试这个

纸不够了

我那讨人嫌的妹妹 / 弟弟……

赢了一局比赛……

一段遥远的记忆……

我摔跤那一回……

如果你知道你想写什么内容，就很容易出现把纸写光的情况，但你还是不太知道该怎么开头。很简单，就是在一页纸的最顶部先写上主题……然后顺着往下把所有在你脑海中冒出来的句子写下来，有多快写多快。不论是熟悉的还是新鲜的句子，只要它们在你脑中漂移、闪现、降落，就立马写下来。如果你的主题是“史前的骨头”，但是你写了“艾拉姑妈”，那也别停下来。可能某人的艾拉姑妈在摔跤的时候扭断了胳膊，也有可能某人有只小鸡取名为艾拉姑妈。反正没关系！你就一直写、一直写，以闪电的速度，从纸的顶部写到底部，写到没纸可写。只要你觉得你文思泉涌时出现的字词跟你的主题相关，就对了。记住，在这里，你说了算。准备好了吧，开始！

下面这个例子就是我写的一段回忆，写到纸都不够了。我首先想到一个主题：那一次，我掉进了幼儿园门前的玫瑰花丛。然后，我以最快的速度在页左边写下一串词——每一个与那天早晨有关的词都写下来。再接着，我开始慢慢地写我跌倒的故事，不再着急，因为我有一串词在旁边提醒我呢。

5 月末的记忆

玫瑰花丛
单车
血
蜜蜂
黄色毛衣
露台
楼上
前轮
爸爸
妈妈
刺
学校
窗户
枕头
家
亲吻
前额

我那天穿了一件黄色的毛衣，在学校门口飞快地骑单车。我离露台的边缘非常近，那儿种的玫瑰花都开了。我忘了玫瑰花有刺，也忘了妈妈要我远离玫瑰花丛的警告。我的单车前轮突然飞出去了！事情发生得太快。前一秒，我还骑在车上，摆弄车铃铛；下一秒，我就跟蜜蜂一块儿玩了。玫瑰花刺毫不留情地刺进我的皮肤。我大哭起来。爸爸把我抱起来。我的腿上有血和划痕，让我想起我学写自己名字时在纸上写的鬼画符。爸爸把我抱到楼上的浴室，我闻到了拜尔急救喷雾剂的气味。我躺在房间里，只能看到一块方形的蓝色天空挤在窗口，爸妈在隔壁房间压低声音讨论是不是应该让我待在家里不去上学。我的心已经飞起来了。我喜欢待在家里！当听到他们的脚步声靠近我房间时，我马上把脸上的笑容收起来。“你真勇敢。”妈妈轻声对我说。她用手指梳了下我乱糟糟的头发，亲吻了我的前额：“爸爸觉得你去上学是没问题的。”

到你啦

先想一个主题。

拿起笔，从上往下写，一个词接一个词，潦草一些也没关系。

逼迫自己快速思考。

放松。不用解释太多或为自己辩解。

根据你写下的词，写一段回忆、一首诗或一个故事。

撕掉这页！

在这一页纸的中间，用5种不同的方式写下你的名字（从前往后写，从后往前写，从上往下写，从下往上写，闭着眼睛写）。然后再写你朋友的、家庭成员的、很酷的非主流的成年人的名字。用不同的颜色、形状（包括螺旋体、音符、和平符号、一道闪电、一颗爱心、一个星星、一片三叶草）或者任何一种突然想到的涂鸦符号来记录。聪明的伪诗人巴仁波切说过，“最先想到的，就是最好的”。等你画完所有的符号并涂鸦完毕，就把这张纸撕碎，像吹蒲公英许愿那样，对着碎片吹一口气，让它们飘进风中（纸是用树浆制造的，是可循环的）。

第12个冒险

词汇表

跳跃的句子

写作中会出现很多状况，有可能是开头难，也有可能是你那天状态不好，一点都不想往下写。还有的时候，写到一半突然迷失了方向，想要换个方向写，或是改变写作的路线。如果发生了这些情况，这个时候，你应该去借用一些句子，用它们来帮助你换些新鲜空气，重新启动你已经罢工的想象力。把下面的短语剪成小纸条，放进帽子里。你可以以任何方式，在任何地点、任何时间，随意取一条出来玩。

打一个结

她靠在

像几条皱纹

她昏倒了

像石头一样

如睡衣般宽松

在你的房子

像一个海贝

保守秘密

他在数有多少只鸟

抽泣然后大哭

像一只蝴蝶

他忘了自己的名字

像一只长尾鹦鹉

豆子发芽

豌豆和黄瓜

像港口的灯

一个又一个旋涡

雕刻了一山谷的

一辆火车鸣着汽笛，然后

一条电线落下

背对一道刺眼的光线

外面是微微发亮的蓝色

所以这只狗穿着

雷雨之后

进入星星

飞快掠过地板，像是

像一个小小的红苹果

……的风笛

跟它一起唱歌

我们熟悉的地方

文字缓慢崩塌

捕捉光线

像一个歪斜的屋顶

一厢情愿

就一秒的时间

吃早餐时

门闩嗒的一声关上了

没人鼓掌

夜晚的太阳

流沙已经到了膝盖

在道路的边缘

我把过去的……烧了

四周道路平坦

第一次引导，然后

我面对镜头

躺在奶奶的臂弯里

我妹妹眯着眼睛

有谷仓那么高

钻进一个旅行箱

尖叫的猫头鹰

西红柿的藤蔓

只是开个玩笑

奋力追逐

过去的这个冬天

他在慢慢缩小

一盒子的树叶

定义解码器

谁是你的灵感缪斯?

缪斯是想象中或现实中的一个人或一件事，她带给你灵感，帮助你把创造力像流淌的清澈小溪一样诉诸笔尖。你可以通过使用**“内心的声音”**向你的缪斯祈求你想要的东西，但是你得一直“收听”才能听到她跟你说的话。缪斯一点都不霸道，也不坏。她就是会在奇怪的时刻向你传递消息，比如你正在洗澡、睡觉或沉浸在白日梦里的时刻。可能你正盯着一片翻转的落叶，突然一阵灵感袭来。有时候，你一直想写的一首诗或一个故事突然有了灵感，缪斯这会儿才不管你在哪儿，她会让灵感突然百米冲刺般跑向你。如果你是一位创意写作者，当你挤出时间摆弄文字时，缪斯就有可能来访。你的缪斯对你是愿意打印还是潦草地手写不感兴趣。她也不在乎你写错字、句子不完整、不分段的“错误”。你的缪斯只想和那个愿意相信、敢于去感觉的你沟通交流。我把我的缪斯想象成一名向导，她穿着一件在夜晚会发光的长袍，让萤火虫编队在我脑中留下图画，带领我去未知的疆域。

你的缪斯长什么样儿？如果你不知道，问问他或她……缪斯不可能长得一模一样。下面有两位年轻的作家给出了各自缪斯的肖像画。

他很强壮，像一道金色的闪光。他的眼睛像红宝石一样忽闪。他热衷于比赛。他跟非洲鳄鱼一样强大。他的声音充满了安抚人心的智慧。虽然他外表看上去像一个脾气暴躁的人，但实际上他亲切善良。他温柔的时候，可以把整个世界揽入怀中。

——山姆

她非常善良和宽容。平时，她待在一个粉红色的玻璃瓶里，有需要的时候就会出现。她轻声低语时，像一条蜿蜒的、通向幸福的小路。她可以立刻融化，然后重新复活。她是和平与幸福的碎片，但是她有自己的风格，她有一双灵活的小脚和一头顺滑的棕色头发。她戴着希望的戒指和爱的耳环。她像一朵混合了蓝色和紫色的云……飘在只有一颗星星的清朗的空中。

——克洛伊

来自路易斯·布兹比的小纸条

亲爱的写作小伙伴：

我得到过很多来自其他作家的非常好的建议，所以我想跟你们分享一个我最喜欢的建议。了不起的雷·布拉德伯利（《蒲公英酒》《万圣节树》《当邪恶来敲门》等书作者）曾对我说，作家中午应该总是吃三明治。我一开始不明白他的意思（尽管听上去很好吃的样子）。他解释说，如果你午餐吃三明治，那你就可以一边吃、一边读书。布拉德伯利跟很多作家一样清楚，读书对一个作家的成长至关重要，跟练习写作一样重要。作家应该无时无刻不在读书，这是学习写作的最佳方法。

多读书，读各种书。如果有人因为你在读书而责怪你，告诉他们，你是在忙于工作。

致以最美好的祝福！

路易斯·布兹比

路易斯·布兹比的写作范例

特拉维斯看着桌子上的一堆书。这是他的新生活，真实的生活。《时间的皱折》引他去图书馆，又带他找到《院子的土地》，找到《天堂牧场》，再找到《长谷》。这些书又把他领进身边的神秘世界——吉普赛男子、守夜人和斯坦贝克的幽灵——一步步地把他引领到一个他从来没有怀疑过的世界。书本就是有这种魔力。你在阅读时，整个世界真的会发生改变。他现在明白了。通过读书，你看见了你以前根本不知道其存在的世界。书本在世界中；世界在书本中。

——《斯坦贝克的幽灵》

路易斯·布兹比为成年人写了几本书，但是他更喜欢为孩子们写书，因为他觉得孩子们更聪明。他出版的作品有《斯坦贝克的幽灵》《寻找查尔斯·狄更斯》，现在正在写一部名为《马克·吐温和神秘的陌生人》的作品。

突然有个故事……

一份新食谱?

在我小时候，早上妈妈会做早餐，给我准备午餐的便当，爸爸准备去上班，住在街尽头的外婆坐在我家厨房的桌子边上读报纸——即使上面的标题让她很难过。有一天早上，我 3 岁的妹妹从我房间跑下楼，大叫一声“嗷”——我就知道我的某样重要的东西被她弄坏了。没事——东西坏了，食物打翻了，妈妈叹气，从妹妹握得死死的拳头里取出原本属于我的东西。没人注意我，我悄悄坐到椅子上，拿起勺子，从我的麦片碗方向看着通向后院的窗户——下雨了，雨点打在我扔在草地里的自行车上，旁边还有一件被淋成一坨的毛衣。那一天是灰色的。外婆看着我，眨了眨眼睛，她知道我准备去那个让我看起来很可怜的恐怖地方——学校。我只需要跟最近的乌云借一点雨、跟最远的星星借一个点子，就是我需要的全部灵感了。我坐在那儿，做白日梦，混合了花香、少许清晨，还有3股我妹妹敢去我房间碰我东西的勇气。我切碎了7盎司的怀疑，混合着让人微微撇嘴的有魔力的赞美诗，把我的失望和空中浮现的善解人意的彩虹一起，搅打进暴风雨般兴奋的一天。

你有没有想过隐身，希望某一天你过得会或多或少有些不同？你是否因为好奇而弄坏了东西，或者让它被雨冲坏，再变成一种全新的样子？你的想象力可以走很远的路，而且永不疲惫。就让你想改变的现实生活转向一个新方向吧。只要改变了你的想法，你的心灵就会念咒语，让一切奇迹发生。从你的想象中选几种材料，再问大自然母亲借一点什么，然后制作一种新的色彩、一份为了友谊的食谱，甚至把灰色的、雨淋淋的早晨变成彩虹……都是因为你眨了眨眼睛。

到你啦

词汇表

量量声音，混合感觉

用量杯去量几杯乌鸦的叫声，再洒一茶匙勇气；搅拌一把嗡嗡声，用力敲碎一声尖叫。用骄傲的一面鞭打一个诗歌三明治，然后尝一口你听过的最忧郁的语言。称量任何一种你认为不能触摸或触及的东西，用上计时器，看看在这个奇怪的厨艺学校里，要成为一名合格的作家烘焙师，你都需要付出什么。

4 量杯……	少量……	一大汤匙……	洒
泼	茶匙	标注	用……覆盖
少许	拌进	喷洒	搅拌
品尝	筛	一篮子……	混合
倒	添加	击打	一把
搅打	一天的工夫	用力敲开	半小时的……
烤炙	量出	煮沸	入烤箱烤
一束	冰冻	冷却	除霜
搅乱	烹调	拧	解冻
加少许	加热	一把（的量）	海洋的价值
炖	结合	半升……	一片……
磨碎	剁碎	捣碎	煮成浓汤
上下摇动	漂白	混合	滴
值一顶针	揉成一团	摇进来	一年量的
需要用一天的	350 度	一生的	借一点

和平的食谱

配料：2 杯灵感，0.5 升想象力，3 汤匙奇迹，1 茶匙隐喻。

将它们充分烤透。混合在大碗里，搅打 50 次，加一点爱来调味，多洒点奇迹，拌入渴望，用高温烘焙30年。用牙签检验烘焙程度，如果取出来看还是湿的，不用担心。放在窗台，面朝东方，自然冷却。点一只蜡烛，招待全世界。

——坎迪

试试这个

要展示，不要叙述

选一种你最喜欢的颜色，对它展开描述，但不要在写作的过程中直接提到它。不要透露任何一个字，标题里更不能写。试试吧，你可以写这个颜色让你马上联想到的东西，它吃上去和闻上去像是什么，你的衣柜里哪件衣服是这个颜色，可以在大自然中找到的哪样东西跟它属于同一种色调，它会在哪里发光，是什么让它发光……还可以用形状和声音来描绘它。总之，可以给出拐弯抹角的提示，就是不要直接说出白色、绿色、橙色、棕色或蓝色。你也可以说什么东西不是这种颜色的。写作时别想太多。（担心和焦虑会弥漫在你的写作中，甚至会毁掉它。）你要相信你的诗歌足够有趣，对你来说足够真诚。

写完后，把这段话念给朋友听，让他们猜一猜你描述的是哪种颜色。让朋友告诉你，他是靠哪条秘密信息猜出答案的。然后，就用这句话来做短文的标题。

它从打开的窗户
穿透窗帘。
我的门廊前栀子花在开放。
当呼吸急促的天空
盖住了宇宙

我没有见过这种月亮。
我曾祖母的盘子
有金色的边线和紫罗兰色的圈纹
一同散发着光彩。
黑色的大地坚持
和上方的空气对抗。
姐姐的衣柜里
有一件圣餐礼服。
纪念死者的那天
会卖甘蔗做的骷髅头。

——贝姬

（答案：白色）
（秘密信息："黑色的大地坚持和上方的空气对抗"）

溜走的昨天
来自原野的力量。
不是生活中的悲伤，
是智慧的愉悦。
是风折断东西的声音。
不会卡在黑色的盒子，
是河水的奔流——
鱼儿们都努力争上游：
嗖嗖嗖。
是星空的火花
是天空的心灵。

——谢伊

（答案：蓝色）
（秘密信息："天空的心灵"）

到你啦

定义解码器

图像诗

图像诗是以某种形状或图像来呈现的诗。图像不能太复杂。如果你要写一首小朋友想戴王冠当国王的诗，就把这首诗写成王冠的形状。你跟奶奶打网球，她把你打得落花流水，那你可以把你的不爽写成一首球拍形状的诗。写一朵浪花把滑水板掀翻在沙滩上。写一轮满月来纪念你最喜欢的一次露营。写一片树叶来歌颂秋天。你还可以用一个词写满整张纸，横着写、竖着写、歪着写，就写一个词，例如“雨点”。（这种叫做画诗。）还有一些简单的图像诗例子供你参考：铅笔、门、房子、金字塔、手、栏杆、树、船、蜡烛、鱼，还有你那只不听话的猫咪的头。

所有像家一样的地方

在
树上
只要不是
没有树枝的地方。
在我的房间，飞机上，澳洲的
内陆。在派对上，在我奶奶家，在小溪边
在湖边，只和我认识的人
在一起。家就是我的床
跟爸爸妈妈在一块儿
或是下雨下雪的时候
待在后院。或在楼上

吃麦片。家是夜深之时
倾听蟋蟀的叫声
听上去像
我的仓鼠
在它的
运动轮
上跑
步

——小组诗

撕掉这页！

去找一本关于爬行动物的百科全书，把所有让你害怕、让你一听到名字就起鸡皮疙瘩或者超级兴奋的动物名字抄下来，越多越好。然后，把这张纸剪成一条条蛇的形状。每张纸条都写上扭着身体走路的蛇或跳跃的蜥蜴的名字，再补充下列信息：它们住在地球上的哪个地方？它们怎么睡觉？喜欢咬谁、毒死谁、吞下谁、吃掉谁？选择其中一种你愿意把它当宠物养的，其他的就赶快让它们爱去哪儿去哪儿吧。（只要离我远远的就好！）

第13个冒险

词汇表

骡子雾遇上蚱蜢雨

在写作中提到天气，可以给你想要表达的情绪增添一层氛围，还会有意想不到的效果……而加入一只动物或一条爬虫，则会给你的诗歌或故事带来一种毛茸茸甚或鳞片般的亲切感，同时可以让你的读者用一种全新的方式来体验美好的外部世界。在下面的词汇表里，你可以用画线或画箭头的方式来混合、搭配动物和不同的天气。做一名滑稽的小小天气预报员吧，在诗歌的前两句预报一天或整个季度的天气。“本周末会有麋鹿雪崩，极小的可能性会有奔逃的斑马。”你也可以如下面这个例子所示，写天气逃走后会发生什么：

山上有火在燃烧，有点跳肚皮舞的意思，也有点像狗跳舞。花园的每一次呼吸都弥漫在空气中，把花香送进夜的深处。不论你去到哪里，雪花都在漫步相随。闪电一出场，就用食指指指指点点。雷声从死寂的山谷出逃，开一辆天气移动车，把灰熊们吓跑。

——麦迪

也许你想写一写，如果动物具有某种天气的特点会怎么样：

那一年，鼠蜥蜴长出了由雨夹雪做成的脚，狐猴的尾巴变成了阴影和雪的泥石流。当然很冷，连苹果蛾的翅膀都变得跟冰柱一样并有闪电的点缀……它们朝北飞、朝南飞、朝东飞、朝西飞，为了选择另一条回家的路。

狐猴	雨	鼠蜥蜴	雪
风	骡子	雨夹雪	阴影
阴暗的	冰川	北风	泥石流
苹果蛾	龙卷风	兔子	飓风
喷射气流	狗熊	阳光	山猫
结冰	倾盆大雨	漂流物	云量
毛毛雨	北美草原狼	暴风雪	巨型蟑螂
象鼻虫	信风	潮湿	洪水
黑寡妇	千足虫	孔雀	时速
雾	郊狼	长耳大野兔	龙虾
融化	火山岩	气流	寒风指数
闪电	雷	北极熊	水虎鱼
闷热	绯红金刚鹦鹉	冰晶	斑马
咆哮	鲑鱼	米诺鱼	西风
干旱	长颈鹿	蜻蜓	鸵鸟
大猩猩	壁虎	海啸	狁狳
霜	跳蚤	气温	降水量
温度	雪崩	热带	旋风

来自C. B. 福莱的纸条

亲爱的（填你的名字）______________：

有时候，你得让你的诗歌领着你向前走，尽管你可能发现它走了一条与你最初设想完全不同的路。别担心。让它走，你跟着它。你害怕什么东西？你会思考一个事物为什么是这样吗？写下来。自己写，别想太多。坚持写。只有坚持写作，才能让你走得更远，才会让你越来越接近你守卫的真相。把词语组成一首诗，就像玩七巧板，每个词都有它适当的位置：为了意义，为了韵律，为了原创性，为了自我发现，为了联结。写诗是一场有趣的冒险。希望有一天我能读到你的诗。

致以最美好的祝福！

林恩（C. B. 福莱）

C. B. 福莱的写作范例

跳房子

我有一块完美的鹅卵石，
几乎是个正方形——
正方形的圆形枕头。
它有奶油一般的颜色；
还有一根绿色的线，

朝一个方向奔去；
还有一条黑色的线，
从反方向穿过。
像一份圣诞节的礼物。

我把它放在口袋里。
在数学考试之前，
在投掷第一个球
投到八平方英里
以外的游乐场之前，
揉搓它以祈求好运。

在那些日子里
我可以单脚站立，
像乱流里飞翔的苍鹭。
我可以像芭蕾舞演员
那样柔软弯曲，在
鹅卵石边驻足，
像骡子吃草一样
优雅地拾起它，
再丢开，继续跳我的路。

我是玩跳房子的高手，
其他女孩开始认为
是我的魔法鹅卵石给我的能力。
她们制定了如下的规则——

赢的人可以选择鹅卵石，或
不许带有条纹的鹅卵石。

C. B. 福莱（朋友们叫她林恩）是位多次获奖的艺术家、诗人，五次获手推车奖提名。她最近的作品是《弗雷迪是我亲爱的人儿》（Many Voices Press，2009 年出版），书名是根据她从幼儿园时就认识的一个男孩取的。

定义解码器

编辑老鼠

有一些词是你的诗歌和故事不需要的。当你感觉到你写的东西已经很满了，这个时候就得请出编辑老鼠，请它来吃掉多余的词。你可以对着墙壁、窗户、杆子、横梁，大声地把你写的东西念出来，你的声音会告诉你，哪些词你应该拿去喂编辑老鼠。有些日子里，编辑老鼠会特别饿。有些时候，你简直是在重新写，要删掉很多词，又添加很多词。如果你在星期一写作时，发现有些想法和素材不适合你今天写的诗歌或故事，但是你又特别特别喜欢它们……那就留给星期二新写的诗歌或故事。就好像妈妈把没吃完的鸡肉打包，留着过几天做沙拉或炖菜用。我们需要正视这个问题。有时，一个多余的词，哪怕只有一个，也会拖累你整首诗或整个故事。

通常，我们在准备发言或演讲前，都会清一清嗓子，把自己的声音调整到一种良好的状态，你写作最开头的第一部分就好比是清嗓子。其实你并不需要这段话，它的存在只是为了帮助你写一个真正的好开头，你不会希望纸上永远留下你“咳嗽”的痕迹。这一点也适用于你写的结尾，特别是当你为你的读者作了全面总结，不留给任何人（包括你自己）惊喜的空间。这时候，你必须勇敢地删掉这样的结尾，因为你已经说了太多，没有给你的读者留下机会，让他们自己去发现。编辑老鼠就喜欢吃一切你说了太多和听上去不太对劲的东西；还吃你把你写的东西大声读出来，却在某个地方磕巴了一下的内容；还有你知道有点儿别扭可挺喜欢，但真没有必要保留的内容。但有时候，你就是很想写，想写出所有的希望、梦想、多余的词、感觉，你没打算让其他人看——你就是写给自己：我，我自己。你不想放出编辑老鼠。你压根儿就不喜欢老鼠。如果是这种情况，你身为作者，有权力说：“好，就这样了。”

试试这个

为你最亲密的朋友画像

跟哪个朋友在一起时，你可以什么都做且非常开心？你总是期待跟他 / 她的下一次见面，即便是你们刚刚玩了一整个下午，比如在树荫下吃葡萄。你知道他 / 她所有的奇思妙想，知道他 / 她要笑之前脸上会做出什么表情，能模仿他 / 她走路的样子和傻了吧唧的说话方式。那为什么不坐下来为他 / 她画一幅迷你肖像画？你可以尽情地用隐喻和明喻来描绘你朋友的头发、眼睛、脸颊和牙齿。下一次你们再见面一起吃葡萄的时候，问问他 / 她，想不想看一下你最喜欢的他 / 她的画像。

萨 沙

她的头发像平静的波浪推搡着沙滩。她眨眼睛的时候，像是粉色、白色、黄色的花在开合。她的眼睫毛像黑色的针，不知疲倦地缝啊缝。她的想象力像闪电划过。她走起路来，脚步声好似风吹树。她的嘴唇富有光泽，像火一样闪烁。她的指头像蛇一样柔软而粗糙。她的耳朵是椭圆形的，耳洞像两条隧道。她的牙齿洁净如钻石，在洞穴中发光。她的脸颊像两块黄油。她抚摸我的时候，我感到温暖和安全——我都敢从瀑布上面跳下去。

——利维

我最好的朋友

他的大脑是艾尔伯特·爱因斯坦。
他的心灵，是一个唱着歌的梦。
他的双腿，是一匹有力的马。
他的嘴巴，是一个山洞
里面挂了好多冰锥。

——罗比

到你啦

突然有个故事……

你最喜欢的年纪

看了几百张贝蒂奶奶给我拍的照片，我可以坦诚地说，我还是喜欢做一个婴儿宝宝。这一张，我坐在厨房的碗柜边，把绿色的塑料碗当帽子戴……这一张，我和我的猫咪“歪尾巴”“我的山姆”在沙堆旁合影。我记得，某天下午，我找到一句神奇的话，在“饼干”这个词前面加上一句话——“请问我可不可以”，然后饼干就到手了。我也记得5岁学会滑冰的那一刻获得的自由感。还有我读一年级时，坐在我对面的吉米·弗格森问我敢不敢尝一口浆糊。我跟朋友凯西·乔利在课间休息的时候，跑到格子爬梯上玩倒挂，我的牛奶钱掉到草丛里找不到了。我特别喜欢玩猴子荡秋千，会闻到橡树皮的味道，能听见叮当声，我完全不在意因为玩它而手上长满了水泡。我们玩起“躲猫猫”来非常投入，直到操场管理员的哨声提醒我们该排好队回教室了。回顾过往，我看着自己的生命在空间和时间的跳房子游戏中云卷云舒，我站在那旋转的光的中心，一次又一次爬上银色的滑梯，再从高处飞速滑下。

你可以找回很早以前的记忆吗？把它们写下来，让它们在纸页上恢复生命。翻一翻相册，找你最喜欢的音乐来听，或者就是单纯地记录下当你闭上眼睛，首先浮现在脑海中的回忆。

到你啦

撕掉这页！

你有没有设想过自己未来的样子？给未来的你写一封信，内容包括现在的你设想的以后的你的样子、你从事什么工作，描绘一下你未来的房子。也写写你现在是什么样儿，就是现在这个时刻：你早餐吃了什么，你朋友的名字，你写这封信时在哪儿，你在想什么，隔壁房间发生了什么。然后，把这张纸放进信封，写上收件人——你自己，找一张邮票贴上，交给妈妈或爸爸，让他们在 10 年或 20 年后寄给你。然后，忘掉这回事。也许你会在最想不到的某天，在最需要的时刻收到它。

P.S. 保持灵动

自从我们第一次认识到现在，你已经读了很多页了，现在的你已经拥有了灵活强健、看不见的肌肉——不是那种举重需要的肌肉。它跟等级、金星或漂亮的成绩单都没有关系。你在浴室的镜子里看不见这种肌肉。你无法通过是否能举起一辆车来衡量它，也不能靠记忆数字来获取它。能获得这种肌肉的办法是：用心关注你那神秘的、可爱的、困惑的、有趣的人生里天马行空的点子、想法、白日梦和感觉。如果你愿意频繁地在写作中（或写作之外）与你的好奇心会面，跟所有的词语、意象、短对话，以及所有你热爱和理解的点滴真相（任何对你来说是真相的真相）打招呼，你的肌肉就会变得越来越强有力。在你写作的过程中，在你穿越了无边无际的想象力的荒野的旅程中，你的肌肉可能会偶尔酸胀颤抖，但是现在的你应该能明白：这种酸胀颤抖本身也是旅程的一部分。

随着你越来越频繁地使用和信任这种充满创造力的肌肉，你会变得面对一切都充满了活力，而且这种鲜活有力还会感染你的朋友、家人，还有你眼中望去的整个世界。这就像一个方程式：你有多么相信你的心灵智慧+你有多么愿意展现（和惊喜到）独一无二的你。然后，当然是你有多大的能力来把这个方程式运用到写作中。

享受这一切吧，当你拿起笔，就开始享受冒险之旅中所有的行走、奔跑、跳跃、滑行，还包括偶尔的摔倒，爬起来，重新出发，继续冒险。

致谢

我要感谢那些带给我很多启发和灵感的孩子们，他们慷慨地分享神秘的创造力；也感谢欢迎我参与写作课堂的老师们，特别是那些拿起笔和孩子们一起写作的老师。

感谢欧文、科林、尼娜·尼尔森、马琳·本克、布莱恩·路易斯、道恩·安东内利、艾莉森·奥尔特曼，感谢他们总是站在我身后，给予我无限的支持。

感谢一直给我加油鼓劲的朋友们，特别感谢琼·奇普、林恩·芒德尔、考特尼和马尔科·德拉·卡瓦、玛丽·利亚·克劳利、米歇尔·莱斯特、詹姆斯·希金斯。

还要深深感谢米尔谷公共图书馆孩子王分部的图书管理员尤兰达·弗莱彻，感谢奈玛·迪恩、卡蒂·麦克布莱德、凯西·威尔海姆、香侬·琼斯。

向我以前的和现在的老师们深深鞠躬致敬，他们照亮了我前进的道路——简·赫斯菲尔德、安妮·巴罗斯、加里·托普森、娜塔莉·戈登堡、弗朗西斯卡·麦卡特尼。

感谢抽出时间为本书分享写作经验、建议和写作范例的作家们：阿维、安妮·巴罗斯、路易斯·布兹比、凯西·卡门戴尔、露西尔·克利夫顿、凯伦·库什曼、卡罗尔·埃德加瑞安、莫伊拉·伊根、凯西·埃文斯、贝琪·弗朗哥、林恩·福利特、格蕾丝·玛丽·格拉夫顿、丹尼尔·汉德勒、保罗·胡佛、伊丽莎白·辛格·亨特、C. M. 梅奥、内奥米·谢哈布·奈、帕特丽夏·波拉蔻、盖瑞·索托、琳达·沃尔夫、苏珊·伍尔德里奇。感谢我的好朋友普拉索·赛雷诺，是他启发我发现了我心灵之丰富，他和我一同参与加州诗人项目，承担诗歌教师的工作，分享教学计划。

感谢我的好姐妹特丽莎·加洛克，感谢马林社区基金支持校园诗歌——“马林艺术委员会艺术家基金”为我提供了必要的资金支持。

感谢我的经纪人斯蒂芬妮·冯·博斯托，感谢整圆文学（Full Circle Literary）介绍我认识香巴拉出版/鸟窝图书（Shambhala Publication/Roost Books）的创意团队。感谢助理编辑克洛伊·福斯特认真细致的编审工作，感谢图书设计师罗拉·佐瑞安的巧妙设计，感谢发行人詹妮弗·卡潘尼欧罗理解我的暑期旅行计划，感谢詹妮弗·乌尔班-布朗的赞扬、耐心和专业精神，是他们让这本书变得更好，他们就是这部书的梦之旅编辑团队，除了他们，我想不到还有谁能让这本书顺利出版。

译后记

一颗星星听起来像什么颜色？

很感谢有机会翻译《写作大冒险：惊喜不断的创作之旅》。这就是做译者的乐趣：因为一个翻译任务，促使自己去接触一个新领域，关注一个新话题。而这次的翻译工作恰好是我感兴趣的领域——写作，但如果不是因为这次翻译，我都不知道国外教小朋友写作的书竟如此有趣、脑洞大开！我之所以会觉得"有趣""脑洞大开"，是因为有对比；没有对比，就没有伤害。就在翻译的过程中，我的童年阴影、关于写作带给我的"伤害"和快乐，一一涌上心头。

记得我上小学的年代，校外培训市场还没有萌生，想学些课外的东西或加强某些科目的优势只能去少年宫。我成长在一个四线旅游城市，经济水平是四线的，少年宫的办学水平却直逼一线。我的妈妈为培养我，很舍得花钱，记得高峰期我同时在学小提琴、合唱，还有写作。我天生语文不错，深得小学语文老师的心，写作文从来都不费劲，超级自信。网上流传说小学生作文的套路，比如：路上捡了钱包，立马交给警察叔叔，此时胸前红领巾飘扬……我看了微微一笑，认为这套路不就是我开创的么？而且每个环节的心理描写、环境描写，我都能写出花儿来。所以当少年宫办了一个教写作的"小记者班"，邀请某小学知名特级教师来教时，我妈二话不说，在明知我学习任务相当繁重的情况下，还是立马报了班，企图将我的优势挖掘到一个新高度。于是，伤害开始了。

"小记者班"第一次课就要求写亚运会体操跳马冠军莫慧兰。我竟然记得如此清晰！没错，就是她——莫慧兰，因为她是本地人，是本地市民的骄傲。但这也是我写作生涯的第一次滑铁卢！面对一个命题作文，我什么都写不出来。后来的一周一次课一篇作文，让我苦不堪言，写作对我而言竟然成了一件苦差事。如果说“小记者班”教的写作是“务实”的——怎么刻画一个人物、怎样描述一个事件、如何运用一个框架（也许是套路）将一个题目敷衍成文，那么《写作大冒险》就是“务虚”的，它的核心任务只有一个——激发写作者的想象力和创造力。

想象力人人都有，但想象力的力道大小则因人而异，需要靠科学地引导、激发。《写作大冒险》可以说是在花式激发孩子们的想象力。从一个你最喜欢的词开始——“蜘蛛网”？“拉链”？“沙拉三明治”——写任何你想写的东西。啊，这多么简单！“蜘蛛网”让我想到一次艰苦卓绝的劳动；一看到“拉链”，我最想写的是自己强行买了一条减肥 10 斤后才能穿的牛仔裙，导致拉链卡住了肉的惨剧；“沙拉三明治”则会让我想起带爸爸妈妈在美国游玩时的情形。这愁写吗？一点不愁啊！如果让 9 岁的我来写，可能会想到更多其他非现实主义的素材吧，然而那时的我，必须写的是“莫慧兰”。

在翻译本书的过程中，我常常会停下来尝试有趣的写作练习，仿佛是为了消除童年阴影。例如“使用不超过 5 个词的句子讲述一件事”，这种片段式的、上气不接下气的感觉适合描述人在情绪紧张时的所见所闻。我现在已是大学老师，教授英语专业的《英美文学》，我把这个小练习放到讲现代主义文学的课上，让大二的学生练习和感受碎片化的语言，效果颇好。大学生们跟我一样，缺乏在童年时代的想象力激发训练。还有“联觉能力”练习，也就是我们修辞手法中的通感。书中引导我们去提问：“一颗星星听起来像什么颜色？一声咆哮吃起来是什么味道？淘气闻起来是什么味道？悄悄话看上去是什么样子？”我怎么没想过这些问题呢？为什么没有人让我从这个角度去思考过呢？还有允许孩子们去胡思乱想，不需要正确、合逻辑的答案，例如：“粉红色的反义词是 ______？如果你把希望打开到最高一档，你会看到 ______；当你把悲伤投掷到风中，它会交换给你 ______。”

我感到遗憾——遗憾我在最天真烂漫的年纪、在想象力峰值的孩提时代，过早地学习追求理性、逻辑、框架、合理、线性叙事，而没有机会去思考“粉红色的反义词是什么”，去倾听“昨夜一只蜘蛛向我坦白……”，从没想过可以随意变换视角来写同一件事，例如“假如我是莫慧兰，我一点都不想折磨家乡少年宫的小朋友”。

所以，我真心推荐这本书，给中国的孩子们，也给心依然年轻的大人们。这也是原书作者的心愿。家长们可以先读一读这本书，学习外国友人如何花式激发孩子的想象力（我们不得不承认，外国友人在这一点上确实做得比我们好），带领孩子们去想象力的王国冒险。掌握了其中开发想象力的方法，相信我们的育儿水平会提升好几个档次。而且书中以生动活泼的方式介绍了写作的理论知识，分享了成名作家的写作心得，让这部写作书富有深度且妙趣横生。

愿孩子们不再重复我的“噩梦”。愿孩子们未来即便不成为作家，也能享受到写作的乐趣，用纸和笔记录生命中有趣、美好的时刻，在这个星球上以白纸黑字留下曾经来过的美丽证据。

曾轶峰

2018 年 8 月

Rip the Page! Adventures in Creative Writing
By Karen Benke

Published by arrangement with Shambhala Publications, Inc.
4720 Walnut Street # 106 Boulder, CO 80301, USA, www. shambhala.com
through Bardon-Chinese Media Agency

图书在版编目（CIP）数据

写作大冒险：惊喜不断的创作之旅 /（美）凯伦·本克著；曾轶峰译. — 北京：中国人民大学出版社，2018. 10

书名原文：Rip the Page! Adventures in Creative Writing

ISBN 978-7-300-26031-0

Ⅰ. ①写…　Ⅱ. ①凯…　②曾…　Ⅲ. ①故事-文学创作方法-儿童读物　Ⅳ. ①I054-49

中国版本图书馆CIP数据核字（2018）第168415号

写作大冒险

惊喜不断的创作之旅

[美]凯伦·本克　著

曾轶峰　译

Xiezuo Damaoxian

出版发行	中国人民大学出版社		
社　　址	北京中关村大街31号	**邮政编码**	100080
电　　话	010-62511242（总编室）		010-62511770（质管部）
	010-82501766（邮购部）		010-62514148（门市部）
	010-62515195（发行公司）		010-62515275（盗版举报）
网　　址	http：//www.crup.com.cn		
	http：//www.ttrnet.com（人大教研网）		
经　　销	新华书店		
印　　刷	涿州市星河印刷有限公司		
规　　格	170mm×240mm　16开本	**版　　次**	2018年10月第1版
印　　张	14.75　插页1	**印　　次**	2018年10月第1次印刷
字　　数	205 000	**定　　价**	52.00元